Winters · Wie erziehe ich meinen Mann

Nancy Winters

Wie erziehe ich meinen Mann?

Erziehungstips

Aus dem Englischen von
Sabine Lorenz und Felix Seewöster

vgs

Die Deutsche Bibliothek CIP – Einheitsaufnahme
Winters, Nancy:
Wie erziehe ich meinen Mann : Erziehungstips /
Nancy Winters. Aus dem Engl. von Sabine Lorenz
und Felix Seewöster. – Köln : vgs, 1998
ISBN 3-8025-1366-5

Titel der englischen Originalausgabe: How to train a man.
Man-handling for years of enjoyment.
First published by Victor Gollancz Ltd, London, in their
Vista imprint.

Illustrationen: Heribert Schulmeyer, Köln
Umschlaggestaltung: Christa Stüber
Lektorat: Marcus Reckewitz
Satz: Greiner & Reichel, Köln
Druck: Clausen & Bosse, Leck
Printed in Germany
ISBN 3-8025-1366-5

Meinem Rassehund

Inhaltsverzeichnis

Erziehung

»Durch Einwirkung lenken, leiten,
ausbilden; die Entfaltung und
Verstärkung eines erwünschten
Verhaltens.«

Kapitel 1

Er weiß, daß er es braucht

Männer wissen, daß sie der Führung bedürfen.

Die erste Erziehung erhalten sie von der Mutter:

»WASCH DEINE HÄNDE!«

»STEH GERADE!«

»GIB DER TANTE DAS HÄNDCHEN, ABER DAS GUTE!«

Und so geht es weiter in der Schule (aus Jungen werden Männer), bei der Bundeswehr (Grundausbildung, Ausbildung an der Waffe) und schließlich am Arbeitsplatz (Computerschulung, Abteilungsleiterschulung, Managementschulung). Manche Männer werden ihr ganzes Leben lang erzogen, geschult, gedrillt und dressiert.

Der Mann ist so an Zucht gewöhnt, daß er sie selbst in seiner Freizeit braucht, zum Beispiel beim Ausdauersport (Herz-Kreislauftraining) oder im Fitneßcenter (Krafttraining, Zirkeltraining).

Sollten Sie also beschließen, sich einen Mann anzuschaffen, denken Sie daran, daß er erwartet, auch weiterhin dressiert zu werden.

Enttäuschen Sie ihn nicht – er glaubt sonst, Ihnen gleichgültig zu sein, wird immer unkontrollierbarer und gewöhnt sich bald allerlei Unartigkeiten an: Er beginnt sich zu kratzen, hinterläßt, wo er geht und steht, eine heillose Unordnung, macht Jagd auf läufige Frauen und bleibt die ganze Nacht über aushäusig.

Der dressierte Mann ist ein glücklicher Mann

Demgegenüber ist der dressierte Mann ein glücklicher Mann. Ruhig, sauber und zufrieden mit sich und seiner Umgebung, kann er bei richtiger Pflege viele Jahre Freude bereiten. Sobald er zum Beispiel gelernt hat, bei Fuß zu gehen, wird er diesem Befehl (zumindest über einen gewissen Zeitraum) auch Folge leisten und der Versuchung widerstehen, mit Ihrer Freundin herumzuknutschen, auszureißen oder sich am Strand in toten Fischen zu wälzen.

Das heißt allerdings nicht, daß die Dressur des Mannes eine leichte Aufgabe ist. Während er auf der einen Seite Erziehung erwartet, sich geradezu danach sehnt, bäumt sich andererseits tief in seinem Inneren irgend etwas dagegen auf. Die Wurzeln für dieses widersprüchliche Verhalten, das sich, wenn man es erst einmal durchschaut hat, durchaus positiv für die Erziehung nutzen läßt, liegen im Ursprung und in der Geschichte des Mannes.

Kapitel 2

Ursprung und Geschichte des Mannes

Die Männer stammen von Rudeln wilder Jäger ab, die über Jahrtausende hinweg ungehindert die Welt durchstreiften. Niemals lange am selben Ort, überlebten sie dank ihrer Fähigkeit, rasch, lautlos und emotionslos zu handeln, ihren eigenen Geruch zu überdecken und ihren Samen weit zu streuen.

Obwohl sie nach und nach domestiziert wurden und dabei den Kitzel der Jagd gegen andere spannende Beschäftigungen wie Geschäftstermine, Fußball, schnelle Autos und Kneipenabende eingetauscht haben, sind ihre ursprünglichen Instinkte noch immer stark ausgeprägt.

Verdreckt und zum Töten bereit, um nicht selbst getötet zu werden

Ein kluger Trainer sollte immer daran denken, daß Männer, würden sie nicht in Wohnungen oder Reihenhäusern in Hamburg, München oder Berlin leben, noch immer in Gruppen von zwanzig oder mehr durch die Gegend streifen, von Kopf bis Fuß verdreckt, bereit, jederzeit und ohne Zögern zu töten, um nicht selbst getötet zu werden.

Gegenüberliegende Seite:
Die Evolution des Mannes von den Anfängen bis zur Gegenwart in Europa, Asien und Afrika im Laufe der letzten 70 Millionen Jahre. In seiner lange währenden Entwicklung erfand der Mann immer kompliziertere Werkzeuge und Kleidungsstücke.

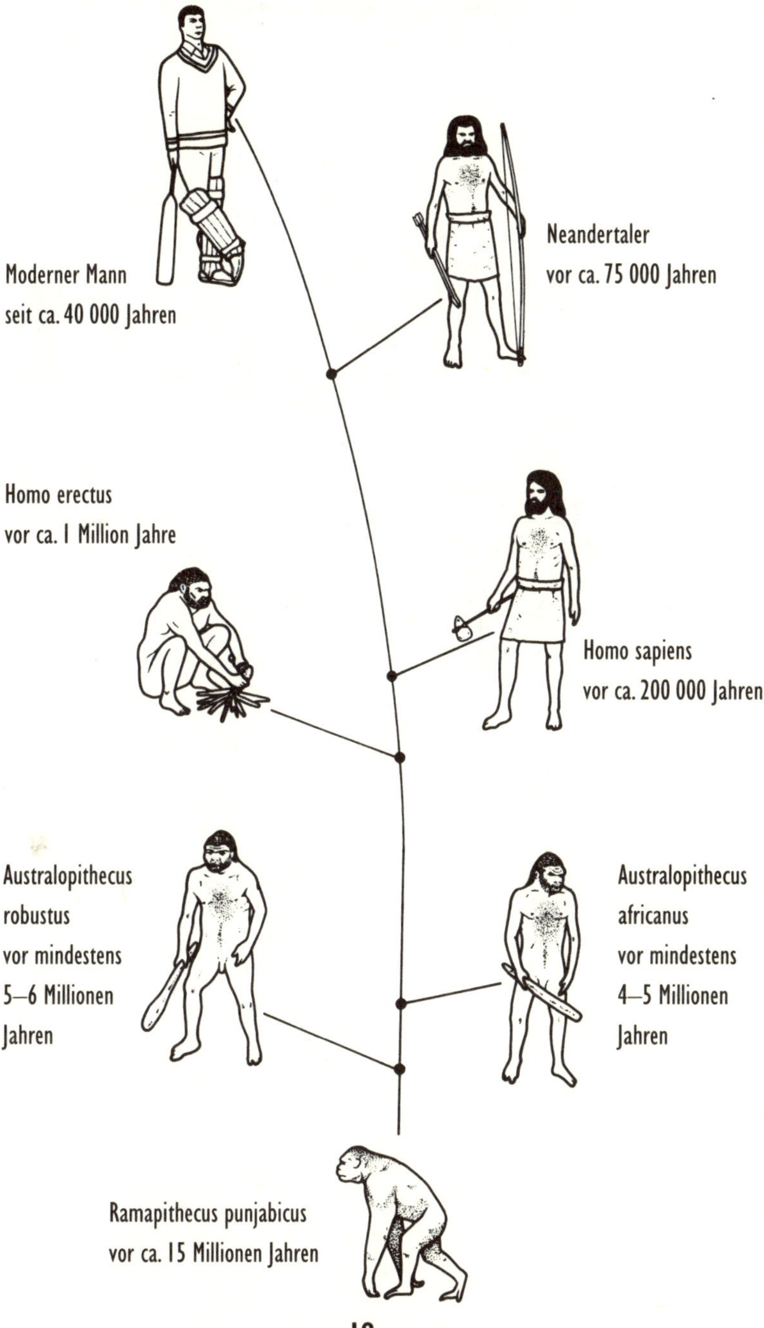
Moderner Mann
seit ca. 40 000 Jahren
Neandertaler
vor ca. 75 000 Jahren
Homo erectus
vor ca. 1 Million Jahre
Homo sapiens
vor ca. 200 000 Jahren
Australopithecus
robustus
vor mindestens
5–6 Millionen
Jahren
Australopithecus
africanus
vor mindestens
4–5 Millionen
Jahren
Ramapithecus punjabicus
vor ca. 15 Millionen Jahren

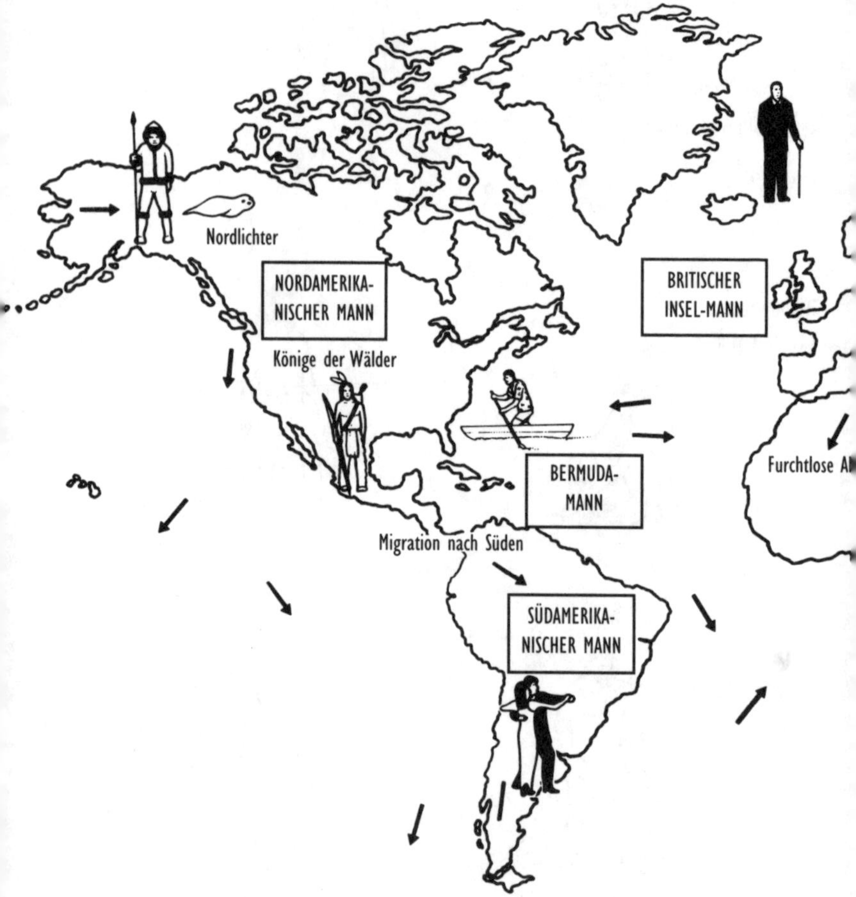

Die ersten Männer durchstreiften die Kontinente in Rudeln, jagten und benahmen sich ziemlich ungehobelt, bis sie schließlich Europa erreichten.

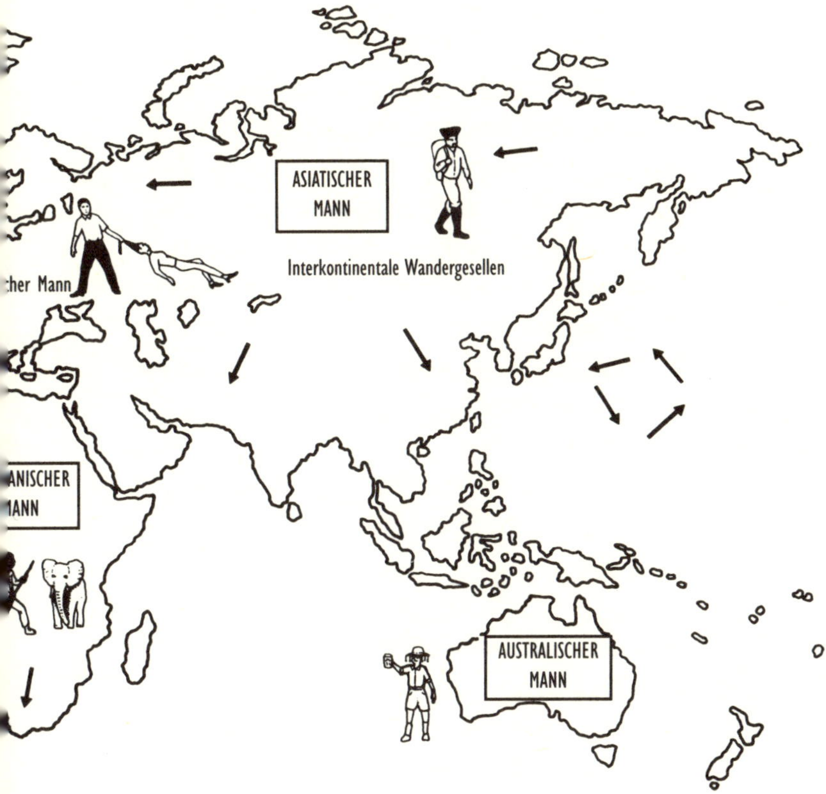
ASIATISCHER
MANN
Interkontinentale Wandergesellen
:her Mann
ANISCHER
IANN
AUSTRALISCHER
MANN

Ein derartiges Verhalten ist heute glücklicherweise nicht mehr alltäglich, doch nach wie vor lassen sich Anzeichen für diese uralte Rudelmentalität feststellen, wie etwa der Zwang zur Jagd, das Markieren von Territorien und das zeitweilig auftretende Bedürfnis des Mannes, sich in seine »Höhle« zurückziehen zu wollen. In extremen Fällen verwandeln sich sogar bis dahin zuverlässige Männer vollkommen überraschend wieder in wilde Tiere, die sich mit anderen prügeln, Firmengelder veruntreuen und mit Bauchtänzerinnen auf und davon laufen. Rothaarige sind zudem anfällig für unerklärliche Wutanfälle, Ausbrüche von Aggression treten bei ihnen ebenso plötzlich auf, wie sie sich wieder legen.

Weniger dramatische Belege für die Abstammung des Mannes von in Rudeln lebenden Raubtieren zeigen sich in der Besessenheit, mit der sie auf Rangfolgen achten, ihrem Bedürfnis, durch rituelle Zurschaustellung alberner Uniformen Hierarchien zu etablieren sowie ihrem mangelnden Interesse am Geschirrspülen.

Selbst im Innern des zivilisiertesten Mannes schlummern verborgen noch immer die Instinkte des Wolfs.

Kapitel 3

Sie geben es selbst zu

Die Ausdrücke, mit denen die Männer sich und ihre Lebensumstände umschreiben, offenbaren, daß sie sich selbst durchaus dem Tierreich zugehörig fühlen. Ihr Sprachschatz umfaßt Begriffe wie:

LEITWOLF

GERISSENER HUND

GEMEINER HUND

BLÖDER HUND

LOCKERER VOGEL

SAUSTALL

HUNDELEBEN

VOR DIE HUNDE GEHEN

DEN SCHWANZ EINZIEHEN

HUNDEMARKE

UNDERDOG

HUNDEMÜDE

HUNDESTELLUNG

HUNDEARBEIT

AN DER KURZEN LEINE

RUDELSEX

Auch Frauen haben seit jeher (wenn auch nicht so direkt) sprachlich Bezug genommen auf die tierischen Instinkte ihrer Männer, die es, wie sie schon bald erkannten, zu kontrollieren gilt (wobei ihnen nicht immer klar ist, wie):

ER IST EIN WOLF

ER IST EIN TIER

ER IST BLUTRÜNSTIG

ALLE MÄNNER WOLLEN NUR DAS EINE

MÄNNER SIND SCHWEINE

ER KANN SICH NICHT BEHERRSCHEN

ER WÜRDE DAS FLEISCH AUCH ROH ESSEN, WENN ICH IHN LIESSE

MAN MUSS IHN AN DER KURZEN LEINE HALTEN

Kapitel 4

Warum ein Mann?

Angesichts der historischen Entwicklung des Mannes stellt sich die berechtigte Frage: Warum wollen alle ausgerechnet einen Mann? Wenngleich beim Mann die animalischen Instinkte unbestreitbar immer wieder durchschlagen, sind sie glücklicherweise nicht alle destruktiver Natur. Es gibt also auch gute Gründe, warum dem Mann vor anderen beliebten Hausgenossen wie Katzen, Hamstern, tropischen Fischen oder sogar Mitbewohnerinnen der Vorzug zu geben ist.

Abgesehen davon neigen Männer nicht dazu, die Möbel zu zerkratzen, einem Laufrad mehr Aufmerksamkeit zu widmen als Ihnen, mit dem Bauch nach oben auf dem Wasser zu treiben, tropfende Nylons in der Dusche hängen zu lassen oder sich ungefragt Ihre Kleider auszuleihen.

Als Rudeltiere sind sie (relativ) intelligent, treu (wenn auch auf ihre eigene Weise) und für die Domestizierung durchaus geeignet.

Ein Mann soll Freude bereiten

Sein Hang zu Geselligkeit und Anschmiegsamkeit, seine Fähigkeit, sich in ein Team einzufügen, Aggressionen durch spielerische körperliche Verausgabung abzubauen, seinen Bau zu beschützen und zu essen, was man ihm vorsetzt, machen ihn zu einem nützlichen Begleiter. Überdies ist er außerordentlich gelehrig und folgsam, geht es um so einfache Aufgaben wie das Tragen von Koffern, das Begleiten in die Oper, das Schließen von Kleidern und Blusen, die im Rücken geknöpft werden, das Töten unliebsamen Ungeziefers und das Einnicken auf unbequemen Kaufhausstühlen, während man selbst Wintermäntel anprobiert. Nicht zu vergessen auch die Tatsache, daß sein Biorhythmus dem unseren recht ähnlich ist.

Ein Mann soll aber auch Spaß machen. Wenn es Ihnen erst einmal gelungen ist, seine Rudelinstinkte zu kanalisieren, und Sie erfahren haben, welche Liebe und Treue ein Mann Ihnen entgegenbringen kann (ganz zu schweigen von der niedlichen Verspieltheit, die er zuweilen an den Tag legt), wird Ihnen Ihr Heim ohne einen männlichen Hausgenossen leer und trostlos erscheinen.

Vergessen Sie den romantischen Märchenprinzen, der war ohnehin immer nur ein Mythos, genauso wie den Neuen Mann, der (seien wir doch einmal ehrlich) ein Weichei ist.

Ein gut erzogenes Rudeltier kann sich als wahrer Traummann erweisen.

Kapitel 5

Der Instinkt des Rudeltiers

Jenes Phänomen, das einerseits Ursache für die zuweilen auftretende Aufsässigkeit des Mannes ist, erklärt andererseits auch seine außerordentliche Eignung zur Dressur. Es ist der Instinkt des Rudeltiers. Wie Wasserfälle, Elektrizität oder andere Naturkräfte kann er gegen Sie oder für Sie arbeiten, auf jeden Fall können Sie ihn nicht einfach aus der Welt schaffen. Sie müssen ihn akzeptieren.

Günstige Eigenschaften

Das Rudeltier

sucht einen starken Rudelführer	Sie
will wissen, wo es hingehört	zu Ihnen

Das Rudeltier

ist dem Rudel gegenüber loyal	Ihnen und Ihrer Familie
fühlt sich stark im Rudel	an Ihrer Seite
behauptet seine Männlichkeit durch die Zugehörigkeit zum Rudel	streunt nicht herum
hat starke sexuelle Instinkte	unterscheidet sich darin vom überdressierten Neuen Mann
schläft gerne im Schutz des Rudels	mit Ihnen
kann durch gezielte Nahrungszuführung gezähmt werden	liebt Pudding
läßt sich durch Streicheln beruhigen	vor allem mit einer Massage
ist nicht gerne alleine	wird Sie ins Theater begleiten
ist in der Lage, auch in feindlicher Umgebung zu überleben	verträgt selbst dickste Daunendecken

Das Rudeltier

ist ein Gewohnheitstier	kommt jede Nacht nach Hause
schützt und verteidigt das Territorium seines Rudels	wagt sich aus dem Schlafzimmer, wenn Sie in der Nacht verdächtige Geräusche hören

Und schließlich der (möglicherweise wichtigste) Punkt

SCHON ZWEI SIND EIN RUDEL!

Andere Verhaltensweisen des Rudeltieres können zugegebenermaßen irritierend, ja sogar ärgerlich sein (vergleiche Kapitel 6), doch sobald man ihre Mechanismen durchschaut hat, lassen sie sich abstellen, ignorieren oder in einigen Fällen, mit Blick auf die übergeordneten Ziele, auch tolerieren.
Es ist ganz normal, daß der Mann von Zeit zu Zeit Ihre Position als Leittier oder Rudelführer in

Frage stellen wird (Rangkämpfe stärken Ihre Autorität), sich in wilde und manchmal abstoßende Aktivitäten mit seinen Geschlechtsgenossen stürzt (Verbrüderung zwischen untergeordneten Rudeltieren verhindert Rivalität) und Verhaltensweisen an den Tag legt (z. B. zeitweiliger Rückzug in seine Höhle), mit denen er sich – wie beispielsweise mit dem Pinkeln in den Garten – vor allem seiner Männlichkeit versichert und sein Territorium verteidigt.

Ihm diese Verhaltensweisen abzugewöhnen, wäre nur zu Ihrem eigenen Schaden.

Wenn Sie einen überdressierten Mann bevorzugen, können Sie sich ebensogut tropische Fische halten. Ermutigen Sie ihn vielmehr zu sublimierenden Tätigkeiten: dem Basteln an Booten und/oder dem Anlegen eines Komposthaufens (im Dreck wühlen!), Fußball und/oder Squash spielen (körperliche Herausforderung!), Inline-Skates und/oder schnelle Autos fahren (Befriedigung des Verfolgungsinstinkts!) sowie seine Arbeit (die Jagd!). Sie werden es nicht bereuen.

Kapitel 6

Warum tut er das?

Die meisten ärgerlichen Angewohnheiten des Mannes rühren von seiner evolutionsgeschichtlichen Abstammung als Rudeltier her. Und obwohl sie heute vollkommen bedeutungslos sind, können sie unerwartet doch immer wieder zutage treten.

Negative Verhaltensweisen des männlichen Rudeltieres

Warum	Es erinnert ihn an
pinkelt er Seite an Seite mit seinen Geschlechtsgenossen?	das Markieren des Reviers und die Stärkung des Zusammenhalts im Rudel.

Warum	Es erinnert ihn an
läuft er allem hinterher, was sich bewegt?	die Jagd.
schläft er mit Ihrer besten Freundin?	den evolutionären Druck einer möglichst breit gestreuten Fortpflanzung.
bewahrt er vergammelte Pizzareste im Kühlschrank auf?	das Verstecken von Nahrungsvorräten für Notzeiten.
ißt er vor dem Eintreffen der Gäste vom kalten Büfett und zerstört die ganze Dekoration?	das Aufspüren und Verschlingen von Nahrung.
schlingt er sein Essen herunter, um danach auf dem Sofa einzuschlafen?	das Kräftesammeln für die Jagd.
hinterläßt er überall Unordnung?	das Markieren des Reviers.
joggt er bis zum Umfallen?	die Verfolgung von Beute.
läuft er mit Inline-Skates durch die Gegend?	die Verfolgung von Beute.
fährt er zu schnell Auto?	die Verfolgung von Beute.
kratzt, leckt oder kaut er an seinen Nägeln?	an die Notwendigkeit zur Körperpflege.

Warum	Es erinnert ihn an
pinkelt er im Stehen und/oder daneben?	das Markieren des Reviers.
geht er in Kneipen?	die natürliche Gemeinschaft mit Artgenossen.
haßt er es, wenn man mit ihm reden will?	das Naturgesetz, daß Lautlosigkeit oberstes Gebot bei der Jagd ist.
weigert er sich, Ihnen zu sagen, daß er Sie liebt?	das Naturgesetz, daß Gefühle den Jagdinstinkt schwächen.
gräbt er Ihre Geranien um und rodet gerne den Garten?	das Markieren des Reviers und seinen Wühlinstinkt.
knurrt er, wenn Sie seine Modelleisenbahn anrühren?	das Verteidigen des Reviers.
unterbricht er Sie ständig?	die Herausforderung des Leitwolfs.
spielt er Fußball oder andere Mannschaftssportarten?	das Kräftemessen innerhalb des Rudels.
rülpst und furzt er?	das Markieren des Reviers.

Warum	Es erinnert ihn an
verschwindet er ohne Erklärung von Hochzeitsfeiern?	das archaische Streunen.
läßt er seine Socken auf dem Fußboden liegen?	das Markieren des Reviers.
wirft er seine schmutzigen Sachen auf das frisch bezogene Bett?	das Markieren des Reviers.
läßt er sich in Prügeleien verwickeln?	archaische Kraftproben.
reagiert er eifersüchtig, wenn Sie andere Männer ansprechen?	das Verteidigen des Reviers.
weigert er sich, sein Zimmer sauber zu machen?	das archaische Überdecken des Eigengeruchs durch Schmutz.
knurrt und schnappt er nach Ihnen?	den Machtkampf mit dem Leitwolf.
pinkelt er von Brücken oder an Bäume?	das Markieren des Reviers.
läuft er gerne unrasiert und unmöglich angezogen herum?	die Notwendigkeit der Tarnung bei der Jagd.

Kapitel 7

Die richtige Auswahl

Bevor Sie sich einen Mann anschaffen, müssen Sie sich entscheiden, welche Rasse für Sie in Frage kommt.

Auch wenn Männer individuell verschieden ausgeprägte Verhaltensmuster aufweisen können, bleibt die Rasse doch ausschlaggebend für den Charakter.

Entscheidung für die richtige Rasse

Die Unterschiede zwischen dem Jagdhund (der allem hinterherläuft, was sich bewegt), dem Retriever (der seine Beute nach Hause bringt), dem Hirtenhund (der immer etwas anderes will als Sie), dem Terrier (der sich verbissen über alles und jeden Sorgen macht) und dem Schoßhund (der hervorragend schmust, aber in jeder Auseinandersetzung nachgibt) sind groß und sollten von Ihnen sorgfältig gegen Ihr eigenes Temperament und Ihre Vorstellungen abgewogen werden.

Entscheiden Sie sich, wofür Sie ihn brauchen – Sex?

Schaffen Sie sich einen Mann an, der Ihren Bedürfnissen und der Zuwendung entspricht, die Sie ihm sowohl physisch als auch emotional in Ihrem Leben einräumen wollen. Überprüfen Sie Ihre Lebensgewohnheiten, und versuchen Sie sich vorzustellen, wie ein Mann in Ihren Alltag paßt. Gehen Sie jeden Abend aus? Sind Sie bei jeder Vernissage dabei? Dann ist ein ruhiger Hirtenhund für Sie wohl kaum geeignet. Andererseits stoßen Sie mit historischem Interesse beim Terrier nur auf wenig Gegenliebe. Und wenn Sie gerne flirten, sollten Sie sich keinen Wachhund anschaffen.

Treffen Sie eine Entscheidung, für welche Zwecke Sie einen Mann brauchen: Sex? Kameradschaft? Schutz? Oder zum Vorzeigen? Und versuchen Sie nicht, ihn entgegen der Anlagen seiner Rasse zu dressieren. Keine Rasse eignet sich für alle Aufgaben. (Auch eine Million Dichter können aus einer nüchternen Glühbirne keinen romantischen Kerzenschein machen.) Wollen Sie einen Mann, der bei Ihnen Trost sucht (und leicht zur Unselbständigkeit neigt), oder einen anhänglichen, treuen Freund (der Ihnen im schlimmsten Fall Tag und Nacht nachstellt)? Legen Sie Wert auf ein repräsentatives Auftreten? Dann wäre ein kurzbeiniges, kräftiges, untersetztes Exemplar wohl kaum das richtige.

Treffen Sie keine impulsiven Entscheidungen, und wählen Sie Ihren Mann nicht ausschließlich nach seinem Aussehen. Einige Rassen sind sehr anspruchslos, andere dagegen in der Haltung komplizierter und auch teurer. Rassen mit einem dichten, langflorigen Fell zum Beispiel erfordern eine aufwendigere Pflege als Kurzhaarrassen und ruinieren überdies jedes weiße

Sofa. Neuesten wissenschaftlichen Studien zufolge ist allerdings üppige Körperbehaarung – vor allem auf dem Rücken und im Nacken – ein Indiz für überdurchschnittliche Intelligenz, was Sie vor ein Dilemma stellt, falls Sie das eine ohne das andere bevorzugen.

Größe ist nicht alles

Größe spielt durchaus nicht eine so entscheidende Rolle, wie Sie vielleicht glauben. Viele kleinere Rassen sind weitaus dominanter als die ganz großen.

Andererseits stellt gerade bei den kleinen Rassen häufig eine latente Unsicherheit ein Problem dar. Ein kleiner Kläffer kann doppelt so viel Zeit und Raum in Anspruch nehmen wie ein großer, gelassener und ruhiger Typ (wobei natürlich nicht unerwähnt bleiben darf, daß der Kläffer seine Vorzüge beim Vertreiben von Einbrechern haben kann).

Allein ausschlaggebend ist auch nicht das Aussehen des Mannes, sondern wie Sie mit ihm gemeinsam aussehen. Eine kleine Trainerin mit einem extrem großen Mann wirkt schnell komisch. Und umgekehrt. Ähnliche Mißverhältnisse stellen sich auch zwischen gepflegten und verlotterten, schönen und abgrundtief häßlichen, dünnen und dicken Partnern ein. Man sagt zwar, Gegensätze ziehen sich an, aber übertreiben Sie es nicht, kombinieren Sie nicht eine Claudia Schiffer mit einem Karl Dall.

Seien Sie vorsichtig mit ausgefallenen Rassen

Hüten Sie sich vor dem überzüchteten Mann. Seine zu Beginn an den Tag gelegten guten Manieren können leicht über seine Überspanntheit hinwegtäuschen. Auch Typen, die gerade »in« sind, bei näherem Hinsehen aber eine Reihe von unangenehmen Eigenschaften offenbaren und vielleicht schon bald unmoderner als der Modeschmuck an Ihrem Arm sind, stellen einen eindeutigen Fehlgriff dar.

Ausländische Rassen wollen ebenfalls mit besonderer Sorgfalt ausgewählt werden. Lassen Sie sich nicht von exotischem Aussehen über eventuell vorhandene Schwächen oder Extravaganzen hinwegtäuschen.

Hüten Sie sich vor dem über- züchteten Mann

Die Eigenschaften des Mischlings lassen sich häufig nur schwer voraussagen. Die Kreuzung verschiedener Stammbäume kann sich als wahrer Glücksgriff erweisen, führt aber manchmal auch zu einem etwas wirren Charakter (durchaus nicht reizlos, falls man so etwas mag).

Eine tapfere Promenadenmischung, die in sich die besten Eigenschaften hervorragender Rassen vereint, kann durchaus zuverlässig und gelehrig sein, dabei anspruchslos und uneitel.

Auf alle Fälle ist es sinnvoll, die Eltern (vor allem die Mutter) kennenzulernen, die – unabhängig von der Rasse – immer einen entscheidenden Einfluß auf die Einstellung des Mannes zu seinen verschiedenen Trainern haben. Zudem hat man so die Möglichkeit, bereits frühzeitig ererbte physische oder psychische Schwächen zu erkennen.

Hilfreich bei der Entscheidung für die richtige Rasse kann ebenfalls sein, die Verhaltensmuster der Männer Ihrer Freundinnen zu analysieren. Haben Sie keine Scheu, sich über Schwierigkeiten der Erziehung zu informieren.

Auf der Straße aufgelesene Streuner bereiten häufig Ärger. Auch zweifelhafte Agenturen und drittklassige Bars sollten Sie meiden. Die besten Erfahrungen werden Sie machen, wenn Sie sich bei der Suche nach dem passenden Mann auf eingeführte Institutionen verlassen (Parties, Universitäten, das berufliche Umfeld, Sportvereine oder andere Institutionen, in denen Männer bereits gewisse Grundregeln der Erziehung erfahren haben).
Viele Frauen haben eine Schwäche für verlassene, verwilderte Männer, denen sie ein neues

Heim geben möchten. Jedoch ist zu bedenken, daß man Männern, die bereits durch mehrere Hände gegangen sind, genauso wie dem sogenannten Neuen Mann mit besonderer Strenge und Zuwendung begegnen muß, um ihr Vertrauen zu gewinnen.

Folgen Sie Ihrem Gefühl!

Alles bisher Gesagte sollte Sie aber nicht davon abhalten, sich bei Ihrer Entscheidung von Ihren Gefühlen leiten zu lassen. Alle Züchtungen können Freude bereiten, eine gute Erziehung vorausgesetzt. Wenn der offenherzige, gutmütige und verspielte Racker, der Ihnen die Hand leckt und darum bettelt, daß Sie ihn mit zu sich nach Hause nehmen, Ihr Herz erobert, entscheiden Sie sich unbesorgt für ihn. Denn Liebe auf den ersten Blick hat oft mehr Bestand als noch so sorgfältig vorbereitete Paarungen. Doch machen Sie sich auch klar, daß starke, von beiden Seiten ausgehende Emotionen erst recht der Grundlage einer strikten Erziehung bedürfen.

Denken Sie daran, wenn Sie sich einen Mann anschaffen, daß er so etwas wie ein neues Familienmitglied ist. Wenn Sie ihn gut erziehen, wird er Ihnen lange Zeit Freude bereiten.

Kapitel 8

Welche Rasse paßt zu Ihnen?

Wählen Sie aus der folgenden Liste den für Sie passenden Mann aus. Achten Sie dabei auch auf die Macken und Marotten!

Vorzüge	**Aber ...**
Der Terrier: lebhaft, amüsant, anregend	dickköpfig, braucht eine starke Hand, läßt sich gern in Schlägereien verwickeln
Der Jagdhund: athletisch, unabhängig, gutaussehend	braucht viel Bewegung, liebt die Jagd
Der Arbeiter: treu, zielstrebig, liebt die Routine	die Arbeit steht immer an erster Stelle
Der Kumpel: versteht Spaß, ist gesellig	liebt jede Form von Wettkampf, ist schnell gelangweilt, unermüdlich in seinem Ehrgeiz

Vorzüge	**Aber ...**
Der Schoßhund: zärtlich, läßt sich gerne umsorgen	neigt zu Angeberei und Launenhaftigkeit
Der Hirtenhund: ruhig, verläßlich, ein treuer Begleiter	herrisch, zuweilen sogar stur
Der Hofhund: gelassen, treu, freundlich	dickköpfig, heult und jault ganz gern
Der Wachhund: starker Beschützerinstinkt, bleibt immer in der Nähe	kann extrem besitzergreifend sein, wenn es um Dinge oder Menschen geht, die er mag
Der Apportierhund: treu, sanftmütig, freundlich, liebt es, Geschenke zu machen	unbedarft, braucht Führung
Der Mischling: unprätentiös, mutig, lernt schnell	unberechenbar, unkonventionelle Erscheinung

Kapitel 9

Die erste Lektion

Sie sind also bereit, mit der Erziehung Ihres Mannes zu beginnen. Und er ist willens, erzogen zu werden, auch wenn er das vielleicht noch nicht zugibt – doch wie wir gesehen haben, sind alle Rudeltiere auf der Suche nach einem starken Leittier. Gute Vorsätze allein reichen aber nicht aus. Um einen Mann erfolgreich abzurichten, müssen Sie sich in jeder Phase der Dressur einige grundlegende Fakten vor Augen halten:

Sie und Ihr Mann gehören nicht zur gleichen Spezies

Ihr Mann verfügt über vollkommen andere Denkmuster (eingeschränkt), Ziele (Sex, Nahrung, Sieg) und Kommunikationsmethoden (begrenzt) als Sie.

Eingeschränkte Gehirnfunktion

Das männliche Gehirn mag zwar größer sein als das weibliche, aber es funktioniert deswegen keinesfalls besser – ein weiterer Beweis dafür, daß Größe allein wenig besagt.

Die vom Mann praktizierte, sein Überleben sichernde strikte Trennung von Gefühl und Handeln ist längst obsolet geworden. Im Laufe der Jahrtausende hat sie aber zu einer Spaltung seines Gehirns geführt, zur Ausbildung zweier getrennt voneinander arbeitender Gehirnhälften.

Daraus ergibt sich, vereinfacht gesagt, daß die eine Hälfte des Mannes nie weiß, was die andere gerade denkt. So läßt sich auch erklären, warum er in der Lage ist, Käfer, Mäuse und halbtote Vogelküken zu zerquetschen, während sich Frauen kreischend auf Stühle flüchten.

Frauen dagegen, die seit jeher beim Sammeln der Nahrung Informationen übereinander austauschten, haben sich die Brücke zwischen den verschiedenen Hemisphären des Gehirns erhalten und sind daher in der Lage, zur Lösung eines Problems auf beide Hälften (die emotionale wie die rationale) zurückzugreifen. Das weibliche Gehirn ist in der Verarbeitung von Informationen wesentlich effizienter als das des Mannes – ein Phänomen, das mit einer gewissen Geringschätzung auch schon als weibliche Intuition bezeichnet wurde.

Und auch das Sprachzentrum des weiblichen Gehirns ist, wie man unlängst beweisen konnte, vergleichsweise größer als das des Mannes.

Das Hirn eines Mannes schrumpft mit zunehmendem Alter

Damit nicht genug, das Gehirn des Mannes zeigt nicht nur früher Abnutzungserscheinungen, da es bei der Koordination der beiden Gehirnhälften Schwerstarbeit leisten muß, es schrumpft auch mit zunehmendem Alter. Das erklärt, warum Männer Geburts- und Hochzeitstage vergessen (erwiesenermaßen schwindet das Erinnerungsvermögen zuerst) und mit der Zeit immer mehr zum Nörgeln neigen.

Doch selbst in jüngeren Jahren funktioniert das Gehirn des Mannes nicht sonderlich gut, vor allem das Gedächtnisvermögen (es läßt bereits mit zwanzig nach) muß als unzureichend bezeichnet werden. In Tests, die an der Cambridge University durchgeführt wurden, erreichten selbst schwangere Frauen noch bessere Ergebnisse als Männer.

Weiterführende Versuchsreihen der Loughborough University zeigten, daß sich die Männer ihrer Unzulänglichkeit durchaus bewußt sind. Sie wissen, daß sie sich Straßenschilder genauso wenig merken können wie das Datum, an dem sie ihre Frau kennenlernten, und daß sie ständig Dinge wegwerfen, die noch gebraucht werden.

Obwohl sich diese Defizite durch nichts aus der Welt schaffen lassen, läßt sich doch mit einem vernünftigen Training einiges dagegen ausrichten – ein weiterer Grund, warum Ihr Mann glücklich sein wird, wenn Sie mit seiner Erziehung beginnen. Er haßt es nämlich, über Antworten auf Fragen wie »Hast du vergessen, was für ein Tag heute ist?« nachgrübeln zu müssen. Viel lieber geht er statt dessen aus und macht Jagd auf ein paar flotte Hasen.

Routine wird nicht nur das Gehirn ihres Mannes entlasten, sondern auch helfen, dessen Verfall zu kaschieren.

Die begrenzte Konzentrationsfähigkeit eines Mannes

Obwohl die Konzentrationsfähigkeit der einzelnen Rassen und Typen durchaus unterschiedlich ausgeprägt ist, sind Männer doch generell nur bedingt aufnahmefähig und verspüren bereits nach kurzer Zeit den Drang aufzuspringen, um in die Kneipe zu laufen oder sich einer Motorradclique anzuschließen. Er weiß, daß er falsch handelt, kann aber nicht anders.

Versäumt man, diesem Impuls rechtzeitig gegenzusteuern, kann er die gesamte Erziehung unterminieren. Ist das Weglaufen nämlich einmal zur Gewohnheit geworden, wird man es seinem Mann kaum wieder abgewöhnen können. Deshalb ist es äußerst ratsam, die gering ausgeprägte Konzentrationsfähigkeit des Mannes stets in die Planung des Trainings einzubeziehen. Stellen Sie fest, wie lange Ihr Mann aufnahmefähig bleibt, und beenden Sie das Training, bevor seine Konzentration nachzulassen beginnt, auch wenn er noch den Eindruck vermittelt, begierig weitermachen zu wollen. Unter Umständen verstellt er sich nämlich nur und verdeckt sein erlahmendes Interesse durch geschickt zur Schau gestellten Übereifer.

Er weiß, daß es falsch ist, aber er kann nicht anders

Beginnen Sie mit kleinen Schritten, und arbeiten Sie sich dann allmählich zu komplexeren Übungen vor, anstatt umgekehrt.

Effektiv sind auch Variationen des Trainingsprogramms sowie der Einsatz von einfachen Übungsgeräten wie Bällen (die alle Männer lieben), Spielzeug und kleinen verlockenden Leckereien, um das Interesse wach zu halten.

Die Einsicht, daß sich das Denken und Handeln Ihres Mannes grundlegend von dem Ihren unterscheidet, verhindert allzu unrealistische Erwartungen und ist der erste Schritt zu einer effektiven und erfolgreichen Ausbildung.

Nehmen Sie einerseits Rücksicht auf seine Schwächen, andererseits ist es genauso wichtig, immer wieder seine Stärken auf anderen Gebieten lobend hervorzuheben. Das geschickte Wechselspiel von Lob und Kontrolle macht die erfolgreiche Trainerin aus.

Kapitel 10

Das männliche und das weibliche Gehirn

Zwischen männlichem und weiblichem Gehirn bestehen anatomische Unterschiede.

Das Gehirn des Mannes

1. Das Gehirn des Mannes ist in der Mitte gespalten (d. h. die eine Hälfte weiß nicht, was die andere denkt).

2. Das Gehirn des Mannes schrumpft im Alter.

3. Die Gedächtnisleistung des männlichen Gehirns beginnt bereits im frühen Erwachsenenalter nachzulassen.

4. Das Gehirn des Mannes wird stärker beansprucht, um Fühlen und Denken voneinander zu trennen, und nutzt sich daher stärker und schneller ab.

5. Männer sind nicht in der Lage, sich an Geburtstage zu erinnern.

6. Männer sind unfähig, sich über einen längeren Zeitraum hinweg zu konzentrieren.

7. Männer sind weniger sprachbegabt als Frauen.

8. Im Gehirn des Mannes ist nur ein kleiner Teil in der linken Hirnhälfte für das Bilden von Reimwörtern reserviert.

9. Das männliche Gehirn setzt auf eine alte, überholte Struktur (das temporäre limbische System, dem der Schlange vergleichbar), um Emotionen zu verarbeiten.

10. Männer können besser Darts spielen und Autos einparken.

Das Gehirn der Frau

1. Das Gehirn der Frau ist in der Lage, hemisphärische Aktivitäten zu koordinieren (d. h. die linke Gehirnhälfte weiß, was die rechte vorhat).

2. Das Gehirn der Frau schrumpft nur kurzzeitig während der Schwangerschaft.

3. Die Gedächtnisleistung des weiblichen Gehirns bleibt bis zur Lebensmitte voll erhalten.

4. Im weiblichen Gehirn ist der Balken (lat. *Corpus callosum,* ein Neuronenbündel, über das Informationen aus einer Hirnhälfte in die andere übertragen werden) dicker und größer als beim Mann (Bennett und Sally Shaywitz, Yale University).

5. Frauen erinnern sich an Geburtstage und Jahrestage (und daran, wo ihr Mann seine Brieftasche hingelegt hat).

6. Frauen können sich länger auf eine Sache konzentrieren.

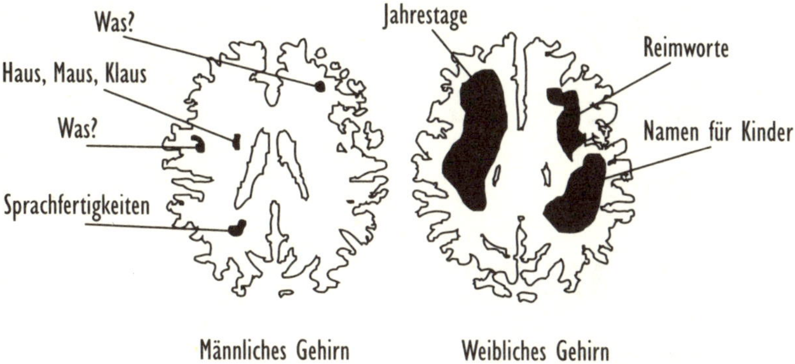

Vergleich zwischen männlichem und weiblichem Gehirn und deren Fähigkeit zur Aufnahme verschiedener Informationen.

7. Frauen sind sprachbegabter.

8. Das weibliche Gehirn nutzt eine hinter der rechten Augenbraue angesiedelte Region, die für die Bildung von Reimwörtern verantwortlich ist.

9. Die Großhirnrinde zeigt bei der Konfrontation mit Emotionen größere Aktivität.

10. Frauen sind sprachgewandter und einfühlsamer.

Kapitel 11

Keiner weiß, wovon der andere spricht

Daß die Kommunikation mit einem Mann auf der Grundlage einer Reihe möglichst einfacher Befehle erfolgen sollte, belegen die Forschungsarbeiten, die Deborah Tannen an der Universität von Georgetown durchgeführt hat.

Dr. Tannen kommt zu dem Schluß, daß im allgemeinen »Männer und Frauen nicht die geringste Ahnung haben, wovon der jeweils andere spricht«.

Er sagt	Er meint
Du siehst toll aus!	Du bist meine Frau, also laß uns zur Sache kommen!
Hör auf mit dem Theater!	Du hältst das Rudel auf!
Wer? Ich wußte nicht mal, daß die da war.	Ein heißer Feger!
Beeil dich, wir kommen zu spät!	Wie steh ich denn da vor meinen Kumpels?
Ich ruf dich an.	Ich werde dich nicht anrufen.
Ich ruf dich morgen an.	Ich rufe dich auch morgen nicht an.
Da war kein Telefon.	Ich hatte keine Lust.
Oh, tut mir leid!	Das hat Spaß gemacht.
Selbstverständlich!	Eher nicht!
Hast du das nach dem neuen Kochbuch gekocht?	Ein blutiges Zebra wäre mir lieber gewesen!

Sie sagen	Er denkt
Bin ich zu dick?	Jetzt bloß nichts Falsches sagen.
Schmeckt es dir nicht?	Warum kann ich nicht einfach einen Knochen bekommen?
Du denkst immer nur an das eine!	Läßt sie mich jetzt ran oder nicht?
Gehst du schon wieder weg?	Böser Junge! Nein
Wir müssen mal miteinander reden!	Ist es nicht Zeit, Gassi zu gehen?
Ich liebe dich!	Es ist schrecklich warm hier drinnen.
Das war wunderbar!	Meint sie das wirklich?
Weißt du, was heute für ein Tag ist?	Hilfe!
Warum hast du das getan?	Warum habe ich das getan?
Ich verstehe dich einfach nicht!	Ich verstehe dich einfach nicht!

Kapitel 12

Ge- und Verbote der Erziehung

Bei der Dressur Ihres Mannes, bei allem, was Sie ihm beibringen wollen, sollten Sie die folgenden Grundregeln immer beachten.

Und vergessen Sie nicht, daß er es sich nach jeder Trainingseinheit verdient hat, für eine Weile nach Herzenslust herumzutoben.

Gebote

1. Kommunizieren Sie auf seinem Niveau.

2. Achten Sie auf einfache, klare Anweisungen und kurze Übungseinheiten.

3. Sorgen Sie dafür, daß er weiß, was Sie glücklich macht.

4. Setzen Sie Grenzen. Er muß wissen, was Sie erlauben, verbieten, tolerieren etc.

5. Üben Sie sich in Geduld. Er wird nicht alles auf Anhieb begreifen, doch solange er sich nicht aus dem Staub macht, gibt er sich zumindest Mühe.

6. Seien Sie konsequent. Befehle, die nicht eindeutig sind, lassen sich nur schwer befolgen. Er liebt klare, deutliche Anweisungen.

7. Seien Sie streng (es ist zu seinem eigenen Besten), aber liebevoll.

8. Streicheln Sie ihn nach jeder Ermahnung und jedem Tadel, um ihm zu zeigen, daß Sie nicht ihn, sondern sein Verhalten ablehnen.

9. Konzentrieren Sie sich auf das, was er richtig macht.

10. Loben und streicheln Sie ihn ausgiebig, wenn er es verdient.

11. Respektieren Sie ihn.

12. Halten Sie Augenkontakt.

13. Trainieren Sie täglich.

14. Tadeln Sie mit knappen und einfachen Worten, die er kennt, wie zum Beispiel »böser Junge«. Auch ein tiefes Knurren (wie er es aus dem Rudel kennt) wird er verstehen.

15. Loben Sie ihn ab und zu auch einmal einfach so, ohne daß er etwas Besonderes geleistet hat.

Verbote

1. Seien Sie nicht verbissen. Eine verspielte Atmosphäre schafft Vertrauen, und je stärker die Bindung, desto erfolgreicher ist Ihre Erziehung.

2. Nörgeln oder schreien Sie nicht. Es ist nicht nur wichtig, was Sie sagen, sondern auch wie Sie etwas sagen.

3. Halten Sie ihn nicht an der kurzen Leine, das ermuntert ihn nur zum Weglaufen.

4. Aus demselben Grund sollten Sie ihm auch nicht hinterherjagen. Geben Sie ihm lieber das Gefühl, daß er Sie jagt. Tun Sie so, als ob Sie sich ohne ihn prächtig amüsierten, dann wird er reumütig zu Ihnen zurückkommen.

5. Stellen Sie ihn nicht bloß, und machen Sie ihn nicht vor anderen lächerlich.

6. Benutzen Sie nicht seinen Namen, um ihn zu tadeln.

7. Belohnen Sie keinesfalls schlechtes Benehmen.

8. Versuchen Sie nicht, ihm seine Wildheit »abzuerziehen«. Lenken Sie sie lieber in die richtigen Bahnen.

9. Bestrafen Sie ihn nicht, wenn er zu Ihnen zurückkehrt – er wird sonst eines Tages gar nicht mehr kommen.

10. Lassen Sie ihm Sätze wie »nur dies eine Mal« nicht durchgehen.

11. Bestechen Sie ihn nicht.

12. Trainieren Sie nicht mit ihm, wenn Sie müde, krank, aufgeregt oder wütend sind.

13. Tadeln Sie ihn nicht erst Stunden oder Tage nach einem Vergehen. Er weiß dann nämlich nicht mehr, warum Sie es tun.

14. Seien Sie nicht nachtragend.

15. Lassen Sie ihn nie vergessen, daß Sie der Leithund sind.

16. Vergessen Sie nicht, daß er sich ab und zu austoben muß.

Kapitel 13

Die Körpersprache Ihres Mannes

Im allgemeinen werden Sie keine Schwierigkeiten haben, die Körpersprache Ihres Mannes zu verstehen. Umgekehrt hat er Probleme, Ihre Gesten richtig zu deuten. Um dieser Schwäche zu begegnen, wird er Strategien entwickeln, die Ihnen vertraut sein sollten.

Da der Mann die visuelle Kommunikation der verbalen vorzieht, wird er Sie aufmerksamer beobachten als Sie ihn. (Wie sonst könnte er wissen, daß Sie eine Reise planen, noch bevor Sie die Koffer vom Schrank geholt haben?) Verhalten Sie sich entsprechend.

Und obwohl viele seiner gestischen und mimischen Ausdrucksmittel den unseren gleichen, sendet er doch auch häufig zweideutige Signale aus. Wenn er lächelt, seufzt oder Erregung zeigt, kann das durchaus ganz unterschiedliche Bedeutung haben. Scheinbare Passivität oder Hilflosigkeit können Mittel sein, mit denen er versucht, Macht über Sie zu gewinnen. Und dadurch, daß er sich Ihren Fragen (oder dem Geschrei der Kinder) gegenüber taub stellt, entzieht er sich der Verantwortung einer angemessenen Reaktion.

In der Regel kann man von folgenden Grundmustern kommunikativen Verhaltens beim Mann ausgehen:

Männliche Körpersprache	**Ihre Bedeutung**
erhobener Kopf, leuchtende Augen	Kampfbereitschaft
heruntergerutschte Socken	Depression
hängender Kopf	Demut, Wunsch nach Versöhnung
Vermeiden von Blickkontakt	Angst oder Schuld
Zähnefletschen	Feindschaft, Aggression

Männliche Körpersprache	Ihre Bedeutung
glanzloses Haar	Depression oder Krankheit
Nägelkauen, Kratzen	Nervosität, Streß
Gähnen	Scham, Langeweile
Knurren	Machtkampf, Kraftprobe
in die Hüften gestemmte Hände	Überlegenheit
Winseln	Unglücklichsein
Nasereiben	Nervosität, Hinterlist
Kläffen	Schmerz
Jaulen	Einsamkeit oder Glück im Rudel
aufgestellte Ohren	er lauscht
auf den Rücken legen	er will gestreichelt werden, Ausdruck höchster Freude
den Kopf unter den Teppich stecken	Lustlosigkeit

Das Repertoire des Mannes umfaßt verschiedene Gesten

Wann Sie hellhörig werden sollten:

Männliche Körpersprache	Ihre Bedeutung
Lächeln	Freude, Angst, Zorn oder Hinterlist
Keuchen	Aufregung, Begeisterung oder Wut
Seufzen	Zufriedenheit oder Hoffnungslosigkeit
ausbleibende Reaktion	Sie werden wissen, was der Grund dafür ist

Männer verfügen über eine Reihe von Gesten, mit denen sie ihr Interesse oder die Bereitschaft zu bestimmten Aktivitäten bekunden.

Typisch männliche Gesten

gespreizte Beine	bereit zum Spielen
erhobene Fäuste	Drohen, Verteidigen des Reviers
einen Blumenstrauß in der Hand halten	Balz
Sie selbst wissen am besten, wie er dann aussieht	Bereitschaft zum Geschlechtsverkehr
gefaltete Hände	Betteln
den Kopf hängen lassen	Heischen nach Aufmerksamkeit
wandernder Blick, der plötzlich an etwas hängenbleibt	Entdecken von Beute
laufen, sich anpirschen	Verfolgen von Beute
gesenkter Kopf	Unterwerfung
auf dem Rücken liegend, Augen geschlossen	Glück

Kapitel 14

Der Gebrauch der Leine

Allen Witzeleien und Protesten zum Trotz: Die meisten Männer mögen ihre Leine. Obwohl als hinderlich verschrien, bedeutet die Leine für den Mann Freude, Schutz und in gewisser Weise auch Freiheit.

Welcher Mann liebt es nicht, Gassi zu gehen! Aus dem Haus zu kommen und auf der Straße, in einem Park umherzutollen oder am Strand entlangzulaufen! Spazierengehen bedeutet Aufregung, frische Luft, neue Gerüche, Spielen und Bewegung, vielleicht findet man auch etwas Interessantes zu fressen oder ein Spielzeug.

Beim Gassi gehen

kann er außerdem allen seine Leithündin zeigen, auf die er so stolz ist und die er so bewundert. An ihrer Seite oder ein paar Schritte vor ihr herlaufend, wird er von allen beneidet. Man fragt sich unwillkürlich, wer hier eigentlich wen ausführt. Mit wachsender Vertrautheit mit ihrem Frauchen tragen viele Männer ihre Leine sogar voller Stolz selbst.

Hinzu kommt, daß die Leine den Mann schützt, und zwar sowohl in Notsituationen (er und sein Frauchen werden auch bei Explosionen, außer Kontrolle geratenen Lastwagen oder plötzlich einsetzenden Orkanen nicht getrennt) als auch vor seinen eigenen niederen Instinkten. Die Leine erlaubt es ihm, inakzeptable Begierden auf rituelle Weise zu kanalisieren. Er kann gefahrlos knurren, bellen oder flirten, ohne dem hinter diesen Signalen stehenden Drang wirklich folgen zu müssen. Im Glauben, daß er zu allem fähig wäre, wenn man ihn nur ließe, kehrt er wohlbehalten nach Hause und zu einer warmen Mahlzeit zurück, zufrieden darüber, daß er beides haben kann – Abenteuer und Geborgenheit.

Die Leine schützt den Mann

Einen Mann an die Leine zu gewöhnen, ist recht einfach. Zu Beginn sollten Sie ihn ruhig frei umherstreifen lassen und ihm einfach nur folgen. Sobald er sich an Ihre Gegenwart gewöhnt hat, bringen Sie ihm nach und nach bei, an Ihrer Seite zu gehen. Versuchen Sie nie, ihn mit Gewalt in eine bestimmte Richtung zu zerren, denn er wird sofort in die entgegengesetzte Richtung ziehen. Und führen Sie ihn an der langen Leine. Eine kurze, straffe Leine fordert ihn nur zum Widerstand heraus. Bleiben Sie statt dessen einfach stehen, zeigen Sie ihm, wohin er gehen soll, und sprechen Sie ihm aufmunternd zu. Allzu zaghaftes Zupfen an der Leine ist nutzlos, ein kurzes und entschiedenes Zurückziehen dagegen kann sich vor allem am Anfang als unumgänglich erweisen.

Es kommt darauf an, ihm den Radius zu zeigen, innerhalb dessen er sich ungefährdet bewegen kann. Sobald er sich daran gewöhnt hat, wird er die Leine gar nicht mehr spüren. Bei großen oder besonders verstockten Männern kann man auch auf das sogenannte »Würgehalsband« zurückgreifen. Solche Halsbänder ziehen sich zu, wenn er versucht, sich von Ihnen loszureißen. Das Grundprinzip bleibt jedoch das gleiche. Es liegt also allein in seiner Hand.

Kapitel 15

Die wichtigsten Befehle

Neben den ganz persönlichen Anweisungen, die Sie Ihrem Mann im Laufe der Zeit sicher beibringen wollen, reichen zu Beginn der Ausbildung schon einige wenige grundlegende Befehle aus. Hat er erst einmal gelernt, diese zu befolgen, läßt sich mit ihnen beinahe jede Situation meistern. Die Befehle »Sitz!«, »Komm her!« und »Hier geblieben!« reichen in den meisten Fällen vollkommen aus. Aber auch »Platz«, »Bring's« und »bei Arm« (Variante des Befehls »bei Fuß«) erweisen sich als nützlich. Doch während »Sitz« vor allem zu Beginn der Erziehung und in Notfällen hilfreich ist, sollte man diesen Befehl in der weiteren Ausbildung nur noch bedingt einsetzen. Die meisten Männer sehen nämlich stehend oder liegend besser aus.

Sitz!

Stellen Sie sich vor Ihren Mann, legen Sie ihm die rechte Hand auf die Schulter (dies ist eine Geste der Überlegenheit) und die linke Hand hinter sein rechtes Knie. Dann drücken Sie ihn mit sanftem Druck nach unten, während Sie den Befehl mit ruhiger, aber fester Stimme wiederholen. Wenn er sitzt, loben Sie ihn mit den Worten »braver Junge«. Wiederholen Sie diese Prozedur ein paar Mal, und er wird schon bald begriffen haben, worum es geht. Generell wird er jede Position einnehmen, für die Sie ihn loben.

Komm her!

Dies ist ein besonders wichtiger Befehl. Sobald Ihr Mann sich daran gewöhnt hat (Männer sind Gewohnheitstiere), in Ihrer Nähe zu sein, werden Sie ihn aber immer seltener brauchen. Ihr Mann muß jedoch zunächst einmal lernen, alles stehen und liegen zu lassen, sobald er diesen Befehl hört. Er könnte ihm (oder Ihnen) eines Tages sogar das Leben retten. Rufen Sie seinen Namen, gefolgt von dem Befehlswort. Bedienen Sie sich dabei eines freundlichen Tonfalls. Lächeln Sie und loben Sie ihn, während er auf Sie zuläuft, und belohnen Sie ihn mit einem

Kuß, einem Leckerbissen oder einer anderen Nettigkeit, wenn er bei Ihnen ankommt. Setzen Sie diesen Befehl nie ein, um Ihren Mann zu bestrafen. Er sollte ausschließlich angenehme Assoziationen hervorrufen und für etwas stehen, das Ihr Mann gerne macht. Sobald ein Mann damit rechnen muß, beschimpft zu werden, wenn er diesen Befehl befolgt, wird er keinen Grund mehr sehen, zu Ihnen zu kommen.

Rufen Sie seinen Namen mit freundlicher Stimme

Hier geblieben!

Dies ist zweifelsohne der schwierigste Befehl. Selbst der perfekt dressierte, diszipliniertеste Mann wird die hier von ihm geforderte Position nicht lange beibehalten, wenn man ihn zu lange aus den Augen läßt. Machen Sie ihn mit dem Befehl vertraut, indem Sie sich zunächst neben ihn stellen und sich dann langsam entfernen. Vergrößern Sie allmählich die Distanz. Lassen Sie ihn zunächst nur kurz, später auch über etwas längere Zeiträume hinweg allein in einem Zimmer. Wenn Sie zurückkommen, belohnen Sie ihn. Beobachten Sie ihn durch ein Fenster oder mittels eines Spiegels, um ihn ertappen zu können, falls er mogelt (es ist zu seinem eigenen Besten). Setzen Sie den Befehl »Hier geblieben« nicht ein, wenn Sie über längere Zeit abwesend sein werden oder mit unwiderstehlichen Ablenkungen zu rechnen ist. Zumindest zu Beginn der Erziehung empfiehlt es sich, seine eigenen Aktivitäten lieber einzuschränken, als den Mann in eine Lage zu manövrieren, in der er lernt, ungehorsam zu sein. Damit er sich nicht langweilt, können Sie ihm das Radio einschalten. Ein Kleidungsstück von Ihnen wird ihn über Ihre Abwesenheit hinwegtrösten. Einige Trainerinnen empfehlen sogar Tonbandaufnahmen mit Ihrer Stimme, andere wiederum rufen an, um Nachrichten auf dem Anrufbeantworter zu hinterlassen. Wenn Sie gezwungen sind, ihn allein zu lassen, bevor er sich ganz an Sie gewöhnt hat, sorgen Sie für eine alternative Beschäftigung (z. B. Karten für ein Fußballspiel). Überlassen Sie ihm einen persönlichen Gegenstand (am besten parfümiert), der ihn an Sie erinnert.

Bitten Sie jedoch niemals eine Freundin, ein Auge auf ihn zu haben.

Platz!

Diesen Befehl durchzusetzen, ist nicht einfach (sich auf den Boden zu legen, ist in den Augen des Mannes ein Zeichen der Unterwerfung). Ihn zu trainieren, ist aber durchaus sinnvoll. Beginnen Sie mit dem Befehl »Sitz«, stubsen Sie dann Ihren Mann mit sanfter Bestimmtheit weiter auf den Boden. Möglicherweise müssen Sie ihm die Position, in der er liegenbleiben soll, selbst vorführen. Vielleicht findet er sogar Gefallen daran.

Bring's!

Seinem Frauchen etwas zu bringen, bereitet einem Mann instinktiv Freude. Beginnen Sie damit, daß Sie Stöckchen oder Bälle werfen und den Befehl wiederholen, während er freudig losrennt, um den Gegenstand zurückzuholen, und loben Sie ihn überschwenglich, wenn er ihn vor Ihre Füße legt. Sie werden sehen, schon bald können Sie ihm beibringen, auch andere Dinge zu apportieren, z. B. das Tablett mit dem Teegeschirr, verlorengegangene Ohrringe, Blumen, Intercity-Fahrkarten und die Handtasche, die Sie sich im Geschäft haben zurücklegen lassen (es liegt auf dem Weg zu seinem Büro). Über gelegentliche Geschmacksverirrungen (das Mitbringen von Freunden aus der Kneipe, Autoersatzteilen und halbtoten Eichhörnchen) geht man mit Rücksicht auf das zu erreichende Ziel am besten kommentarlos hinweg.

Der Befehl »Bring's«, bei dem er für etwas belohnt wird, das er instinktiv gerne tut, ist ein gutes Beispiel dafür, wie sich die Anlagen des Rudeltieres positiv nutzen lassen.

Er soll Ihnen nicht sklavisch ergeben sein

Bei Arm!

Ihr Mann soll Ihnen zwar nicht sklavisch ergeben, aber doch immer an Ihrer Seite sein. Daß er »bei Arm« geht, das heißt, sich dicht an Ihrem linken Ellbogen hält, bewahrt ihn vor Schwierigkeiten und ist überdies unumgänglich bei Vernissagen, Konzert- oder Theaterbesuchen und manchmal sogar beim Einkauf im Supermarkt (in Geschäften zeigen Männer oft eine Neigung zum Streunen). Üben Sie diesen Befehl auf Spaziergängen ein, wobei Sie ihm zunächst die Führung überlassen dürfen. Sobald er sich an Ihre Begleitung gewöhnt hat, bringen Sie ihm bei, Ihnen zu folgen, indem Sie nach und nach Tempo und Richtung des Mannes Ihren Wünschen anpassen.

Appellieren Sie an seinen Beschützerinstinkt, der – richtig angesprochen – genauso stark ist wie seine Eitelkeit. Sagen Sie ihm, wie sicher Sie sich fühlen, wenn er an Ihrer Seite ist, und / oder wie phantastisch er in seinem Anzug, dem Tweedjacket oder seiner Jeans aussieht.

Nein!

Dieser Befehl sollte so selten wie möglich benutzt, immer mit ernster Stimme ausgesprochen und nie im Zusammenhang mit dem Namen des Mannes gebraucht werden. Es ist in jedem Fall besser, ein Fehlverhalten vorauszusehen und ihn davon abzuhalten, als Unartigkeiten verhindern zu wollen, die bereits begangen wurden.

Lob, Geduld und Konsequenz sind die wichtigsten Erziehungsmuster. Je weniger kooperativ sich ein Mann zeigt, desto mehr Lob braucht er. Kraulen Sie ihn hinter den Ohren, unter dem Unterkiefer, an der Rückseite der Beine und auf der Brust, während Sie ihm zuflüstern, was für ein braver Junge er ist. Auch zärtliche Küsse oder ein liebevolles Ablecken gefällt ihm. Jeder Versuch der Folgsamkeit seinerseits, wie schwach er auch sein mag, verdient Ihr anspornendes Lob.

Manche Männer sind es nicht gewohnt, angefaßt zu werden. Sie müssen mit Berührungen erst behutsam vertraut gemacht werden. Beginnen Sie mit einem leichten, kurzen Streicheln, während Sie ihn gleichzeitig loben. Steigern Sie die Berührung, wenn sein Vertrauen in Sie wächst. Gehen Sie besonders vorsichtig mit seinen Füßen um, die äußerst empfindlich sein können.

Vorbeugen sollte immer das Mittel der Wahl sein. Wenn tatsächlich einmal ein Tadel notwendig ist, versuchen Sie es zunächst mit einem traurigen Unterton in der Stimme oder einem entsetzten Gesichtsausdruck. Die so deutlich werdende Mißbilligung reicht unter Umständen schon aus, um ihm klarzumachen, daß seine bloße Gegenwart (»Ich bin doch da, was willst du denn noch?«) nur ein Anfang ist – nicht mehr. Vermeiden Sie Tränen. Sie können ihn verwirren und unvorhersehbare Reaktionen provozieren. Streicheln und loben Sie ihn nach jedem Tadel, damit er begreift, daß nicht er selbst, sondern sein Verhalten Sie böse gemacht hat. Kritisieren Sie Ihren Mann auf keinen Fall in der Öffentlichkeit und vor allem nicht vor anderen Männern.

Versuchen Sie nie, einen Mann zu schlagen. Schläge führen genauso wie lautes Schreien nur zu gesteigerter Gewaltbereitschaft seinerseits. Sollten Sie Ihren Mann einmal wirklich hart bestrafen müssen, tun Sie es, indem Sie sich ihm entziehen.

Das Nichtbefolgen eines Befehls ist eine Herausforderung, über die nicht einfach hinweggegangen werden darf. Wenn Sie seinem Ungehorsam ebenso ruhig wie entschieden begegnen, können Sie Ihre Position sogar noch stärken. Lassen Sie ihm solche Dinge dagegen durchgehen, öffnen Sie damit nur Tür und Tor für weiteren Ungehorsam. Wiederholen Sie Ihren Befehl laut und deutlich, um sicherzugehen, daß er weiß, was Sie von ihm erwarten.

Jede Befehlsverweigerung ist eine Herausforderung

Um Ihren Worten Nachdruck zu verleihen, können Sie sich auf den Schenkel schlagen, doch werden Sie nie grob, wenn Sie nicht wollen, daß er es Ihnen in gleicher Münze heimzahlt.

Wenn Sie bereits einige Erfolge in der Erziehung erzielt haben, sollten Sie auch einige nonverbale Befehle einführen (ein Nicken, eine hochgezogene Augenbraue, ein leichtes Stirnrunzeln), um Ihren Mann auch in der Öffentlichkeit und bei formellen Anlässen kontrollieren zu können, bei denen nur allzu häufig seine niederen Instinkte zutage treten.

Wenn Sie von Zeit zu Zeit einmal auf die Belohnung (aber nicht auf das Lob) verzichten, halten Sie sein Interesse wach.

Eine weitere nützliche Technik ist die sogenannte passive Erziehung, bei der man dem Mann so lange etwas vorenthält, das er gerne haben möchte, bis er etwas anderes, das er nicht mag, getan hat. So kann man ihm beispielsweise seine Medizin verabreichen, bevor man ihm ein großes, saftiges Steak serviert, oder die Tickets für die Reise nach Barbados hinter die Kommode fallen lassen, die zu verrücken man ihn schon so lange gebeten hat.

Der gut erzogene Mann lebt in der Illusion von Freiheit. Er wird jeden Ihrer Befehle befolgen, ohne auch nur zu merken, daß er tut, was *Sie* wollen. Er wird um Ihre Aufmerksamkeit betteln, immer an Ihrer Seite bleiben und die Höhle beschützen. Allerdings nur unter der Voraussetzung, daß Sie in seiner Erziehung nie nachlässig werden …

Kapitel 16

Das Leben im Haus

Kein Mann ist von Natur aus stubenrein. Ein zivilisiertes Verhalten innerhalb der eigenen vier Wände muß also erst anerzogen werden. Das heißt allerdings nicht, daß man Männer zu perfekten Hausmännern machen sollte (oder könnte). Daß dies unmöglich ist, wird jede Frau wissen, die schon einmal versucht hat, Ihren Mann dazu zu bringen, seine Socken aufzuheben, indem sie diese einfach liegenläßt. Die Geschichte von dem Mann, der seine Hemden nach einmaligem Tragen einfach in die Badewanne warf, um sich dann neue zu kaufen, ist wahr. Es handelte sich dabei um den Sohn eines berühmten Impressionisten (wenngleich dieser Umstand möglicherweise nichts damit zu tun hat).

Zu glauben, ein Mann könne tatsächlich in irgendeiner akzeptablen Form zur Arbeit in einem

Haushalt beitragen, ist etwa so, als erwarte man von einem Blinden, auf einem Drahtseil zu balancieren. Abgesehen von der Erledigung so niederer Tätigkeiten wie dem gelegentlichen Bestücken der Spülmaschine oder dem Beladen der Waschmaschine sollte man von einem Mann im Haushalt nichts weiter erwarten. Er erledigt die ihm übertragenen Aufgaben zwar, aber er erledigt sie nicht gut. (Ob es sich dabei nur um eine geschickte Finte seinerseits handelt, ist noch nicht erwiesen.) Vergessen Sie nicht, er denkt bei dem Wort Heim an eine Höhle. Es liegt ihm näher, an den Möbeln zu kauen, als sie zu reinigen.

Es bleibt Ihnen nichts anderes übrig, als ihn wie ein Kind von den Gefahrenzonen des Haushalts so gut wie möglich fernzuhalten.

Er wird die Küche in Unordnung bringen und das Badezimmer überschwemmen. Er wird sein Essen verschütten und die Kissen zerknautschen. Und er wird deswegen ein schlechtes Gewissen haben, es hat also keinen Zweck, ihn mit der Nase in das Unheil zu stoßen, das er angerichtet hat. Denken Sie daran, er will Sie glücklich machen, doch der Haushalt gehört zu jenen Bereichen, in denen er nicht weiß, wie er sich zu verhalten hat. Zurechtweisungen und Bestrafungen würden ihn nur kränken.

Die beste Methode, dieser Tatsache zu begegnen, besteht darin, daß Sie immer wieder klar und deutlich »Nein!« sagen. (Zum Beispiel, wenn er sich mit Stiefeln aufs Bett legt.) Diesen Befehl versteht er. Wenn Sie ihn in allen entsprechenden Situationen anwenden, wird er lernen, welche Bereiche im Haushalt er zu meiden hat. Wenn Sie ihn dagegen bitten, das gute Porzellan wegzuräumen, brauchen Sie sich nicht zu wundern, wenn er alles zerbricht.

Weisen Sie ihm einen eigenen Platz zu

Als nützlich hat sich auch erwiesen, dem Mann einen eigenen Raum zuzuweisen, einen Ersatz für seine Höhle oder Hütte, in dem er so viel Unordnung machen kann, wie er will.

Einige Trainerinnen räumen ihrem Mann spezielle Ecken im Haus ein. Hier kann er seine schmutzige Wäsche ablegen, sich nach anfallartig auftretender Betätigungswut im Garten waschen oder die etwaigen Folgen mehrtägigen Herumstreunens beseitigen. Diese Methode erweist sich als effektiv, hat aber ihre Grenzen. Mit einer klugen Mischung aus Prävention und dem Befehl »Nein!« lassen sich nachweislich die besten Erfolge erzielen.

Einen Mann stubenrein zu halten, ist eine fortwährende Herausforderung und bedarf der ständigen Aufmerksamkeit seitens der Trainerin. Wenn sich Ihr Mann länger außer Haus aufgehalten hat, zum Beispiel auf einer Konferenz oder einer Geschäftsreise, muß häufig wieder ganz von vorn mit der Erziehung begonnen werden. Bei manchen Männern ist dies schon nach einem Nachmittag oder Abend mit alten Freunden der Fall.

Kapitel 17

Nützliche Redewendungen für Ihren Mann

Die Zahl von Redewendungen, die Ihr Mann erlernen kann, ist unbegrenzt, selbst wenn er sie nicht alle versteht. Doch da er Ergebnisse der Analyse vorzieht, wird er sie wahrscheinlich nicht einmal verstehen wollen. Zeigen Sie ihm einfach, daß diese Redewendungen Sie glücklich machen – und daß sie ausschließlich für Sie reserviert sind.

Bringen Sie ihm jeweils immer nur eine bei, indem Sie ihm vorsprechen. Wenn er gelernt hat, richtig nachzusprechen, loben Sie ihn überschwenglich, und belohnen Sie ihn. Jeder dieser

Redewendungen können Sie ein Zeichen oder Signal zuordnen – einen Blick, eine Geste, selbst eine Zahl – damit er weiß, wann er was zu sagen hat.

Gut erzogene Männer sind zuweilen sogar in der Lage, einen Großteil dieser Redewendungen – mit Ausnahme von Nummer 6 und 8 – auch ohne aufforderndes Signal zu äußern.

1. »Du hast recht!«
2. »Es tut mir leid.«
3. »Das alles ist mein Fehler.«
4. »Ich tue das nie wieder.«
5. »Köstlich!«
6. »Nächste Woche haben wir Hochzeitstag.«
7. »Das ist hübsch.«
8. »Ich weiß nicht, was ich mir dabei gedacht habe!«

9. »Was wünschst du dir zum Geburtstag?«

10. »Laß uns essen gehen.«

11. »Mir gefällt, wie du das machst.«

12. »Ich begehre dich so sehr wie noch nie.«

13. »Laß uns übers Wochenende nach Mauritius fliegen.«

14. »Das ist mein Lieblingskleid.«

15. »Du siehst hinreißend aus.«

Kapitel 18

Extreme Maßnahmen, unsichtbare Kräfte und technische Hilfsmittel

Gott-Spielen

Wenn Sie sehen, daß Ihr Mann dabei ist, eine Ungezogenheit zu begehen, richten Sie den Strahl einer Wasserpistole auf ihn, oder werfen Sie mit einer Handvoll Kieselsteinen nach ihm.

Achten Sie darauf, daß er Sie dabei nicht sieht.

Er wird auf diese Weise lernen, daß etwas Schreckliches passiert, sobald er auch nur daran denkt, sich ungezogen zu benehmen. Es wird nicht lange dauern, bis er damit aufhört.

Auch der kurze, schrille Pfiff aus einer Trillerpfeife wirkt Wunder, solange Ihr Mann nicht merkt, daß Sie dahinterstecken.

Unsichtbare Kräfte

Der unsichtbare Zaun

Mit unsichtbaren elektrischen Zäunen lassen sich Männer, die sich aus einem ihnen zugewiesenen Areal zu entfernen versuchen, zugleich aktivieren und erschrecken.

Obgleich höchst wirkungsvoll, sind solche Zäune jedoch nur in extremen Fällen zu empfehlen, da sie den Mann nervös, unruhig und unsicher machen. Verwirrt, weil er nicht mehr weiß, wo die Grenzen seines Territoriums sind, wird er zu zaudern beginnen, nimmt gar das Aussehen eines geprügelten Hundes an und verliert nicht selten alle Vitalität.

Zudem sind solche Anlagen sehr teuer.

Hochfrequenzpieper

Die kleinen, in Amerika entwickelten Geräte, die einen hochfrequenten Piepton erzeugen, lassen sich bequem in der Hand halten und aktivieren, sobald man ein Fehlverhalten registriert. Richten Sie das Gerät einfach auf Ihren Mann, das lästige, aber harmlose Geräusch wird ihn in seine Schranken weisen. Diese Geräte lassen sich auch effektiv gegen aggressive, herumstreunende Männer einsetzen.

Technische Hilfsmittel

Elektronische Halsbänder mit Sprühvorrichtung

Nur die Franzosen konnten auf dieses äußerst gemeine Hilfsmittel kommen, das noch dazu im Zusammenhang mit der Nahrungsaufnahme steht. Ausgehend von der Theorie (die jeder Sänger bestätigen wird), daß Zitrone der Stimme schadet, besprüht ein elektronisch aktiviertes Halsband den Mann mit dem Saft von Zitronenschalen, wenn er plötzliche, laute Geräusche von sich gibt. Die Effektivität dieser Vorrichtung wird allerdings dadurch stark eingeschränkt, daß sie sich auch in unpassenden (sogar peinlichen) Momenten aktivieren kann.

Schmutzabweisende Fußmatten

Humaner, und eher in der Tradition des Erziehungsgrundsatzes »Prävention statt Strafe« stehend, sind schmutzabweisende Fußmatten. Sie lassen sich ohne Aufwand strategisch geschickt vor alle Türen legen, durch die der Mann für gewöhnlich das Haus betritt. Und er wird nicht einmal merken, daß dem Schmutz, den er mitbringt, Einhalt geboten wird. Tatsächlich ist dies zwar nicht der Fall, doch solche Matten vermitteln wenigstens der Trainerin das Gefühl, etwas unternommen zu haben.

Kapitel 19

Techniken für Fortgeschrittene

Bekräftigen Sie Ihre Position

Wenn Sie Ihren Mann so weit haben, daß er die grundlegenden Befehle befolgt, mögen Sie das Bedürfnis verspüren, die Erziehung etwas entspannter angehen zu lassen. Das ist ein grundsätzlicher Fehler. Der Mann wird Ihre nachlassende Strenge spüren und sie Ihnen als Schwäche auslegen. So unnötig es ist, den ganzen Tag Befehle zu brüllen und ihn Käsestückchen auf der Nase balancieren zu lassen, so wichtig ist es, auf fortgeschrittenem Niveau einige Regeln zu befolgen, um unaufdringlich und konsequent Ihre Position zu stärken.

Regeln für den täglichen Umgang:

1. Trainieren Sie täglich.
2. Gehen Sie immer ein wenig vor Ihrem Mann her.

3. Beginnen Sie vor ihm mit dem Essen.
4. Warten Sie, bis er um das Auto herumgegangen ist und Ihnen die Wagentür aufmacht.
5. Lassen Sie ihn den Lift rufen.
6. Belohnen Sie ihn nicht für jedes Wohlverhalten.
7. Geben Sie ihm immer etwas zu tragen.
8. Behalten Sie sich die erhöhten Sitzpositionen vor.
9. Weichen Sie ihm nie aus, sondern warten Sie, daß er Ihnen aus dem Weg geht.
10. Beanspruchen Sie immer für sich den bequemsten Sessel, die beste Aussicht, den letzten Trüffel.
11. Tragen Sie den Kopf hoch.
12. Stellen Sie seine Blumen nicht sofort ins Wasser.
13. Sprechen Sie mit ruhiger Stimme.
14. Seien Sie großmütig.

Wenn er sich danebenbenimmt:

1. Richten Sie ihm Kragen und / oder Krawatte in aller Öffentlichkeit.
2. Reiben Sie an einem unsichtbaren Fleck.

Wenn er sich ganz schrecklich danebenbenimmt:

1. Benutzen Sie Spucke, um an einem unsichtbaren Fleck zu wischen.
2. Sagen Sie ihm, der Boiler habe ein Leck und / oder Sie glaubten, Gas zu riechen.
3. Fallen Sie in Ohnmacht.

Der Gehorsamkeitstanz

Obwohl es sich hierbei wahrscheinlich nur um eine vorübergehende Modeerscheinung handelt, kann diese Form des Tanzes sowohl dem Mann als auch seiner Trainerin einiges Vergnügen bereiten. Dabei tanzt der Mann in lose festgelegten Schrittfolgen um seine Trainerin herum. Die an den Eistanz erinnernden Bewegungen können auch auf Schlittschuhen oder Inline-Skates ausgeführt werden. Dieser Tanz ist ideal, da er dem Mann die für ihn so wichtige Bewegung verschafft, der Frau die Kontrolle über das Geschehen läßt und bei beiden für gute Laune sorgt.

Aufspüren von Gegenständen

Auch der Mann verspürt unter Umständen nun, da er glaubt, seine Lektionen zu beherrschen, das Bedürfnis nach ein wenig Entspannung. Doch diesem Bedürfnis nachzugeben wäre ebenso grundfalsch, da der Mann unweigerlich mit Langeweile oder einer gesteigerten Abenteuerlust reagieren wird. Das Aufspüren von Gegenständen, gleich ob im Haus oder draußen, hält seine Aufmerksamkeit wach. Halten Sie ihn dazu an, die Wälder zu erkunden, nach Pilzen zu suchen, ein vergriffenes Buch aufzuspüren oder die Spur eines Ihrer Kleidungsstücke zu verfolgen.

Ihr Mann wird das Bedürfnis nach Entspannung verspüren

Geschicklichkeitstraining

Wenn Sie auf diesem Gebiet mit Ihrem Mann reüssieren wollen, sorgen Sie dafür, daß er in guter körperlicher Verfassung ist. Der tägliche Spaziergang reicht hier nicht aus. Ermutigen Sie ihn zu regelmäßigen Besuchen im Fitneßcenter. Stellen Sie auch einige Übungsgeräte im Haus auf. Gehen Sie mit ihm wandern, spielen Sie Tennis oder Ball mit ihm, halten Sie ihn in Bewegung. Es wird ihm Spaß machen. Das körperliche Training steigert seine Energie und vermittelt ihm das Gefühl, etwas erreichen zu können. Und es hält ihn davon ab, irgendeinen Unsinn anzustellen.

Kapitel 20

Einige Beispiele für gut erzogene, unerzogene und übererzogene Männer

sowie alte Hunde, denen man neue Kunststückchen beigebracht hat

Gut erzogene Männer	
Tony Blair	Harry Valerien
Tom Hanks	Henry Maske
Dieter Kürten	Roger Moore
Jörg Wontorra	Tom Cruise
Berti Vogts	Thomas Gottschalk
H. J. Kulenkampff	

Übererzogene Männer

Denis Thatcher
John Major
Prince Charles
Bernd Schuster
Johannes B. Kerner
John Lennon
Guildo Horn

Unerzogene Männer

Jack Nicholson
Mick Jagger
Mike Tyson
Kevin Costner
Peter O'Toole
Dieter Bohlen
Harald Juhnke
Lothar Matthäus
Stefan Effenberg
Harald Schmidt

Alte Hunde, denen man neue Kunststückchen beigebracht hat

Humphrey Bogart
Warren Beatty
Clark Gable
Sean Connery
Bruce Willis
Rod Stewart
Howard Carpendale
Gerhard Schröder

Kapitel 21

Gute und schlechte Trainerinnen

Gute Trainerinnen

Madonna
Mae West
Nicole Kidman
Hillary Clinton
Doris Köpf-Schröder

Schlechte Trainerinnen

Lady Macbeth
Lady Di
Ivana Trump
Marilyn Monroe
Elizabeth Taylor
Hiltrud Schröder
Lolita Matthäus

Trainerinnen, die es übertreiben

Maggie Thatcher
Queen Elisabeth II
Yoko Ono
Joan Crawford
Bianca Illgner
Gaby Schuster

Kapitel 22

Sind Sie eine gute Trainerin?

Beantworten Sie die folgenden Fragen gewissenhaft:

1. Der ideale Liebhaber ist

a) der Märchenprinz auf seinem weißen Pferd

b) ein Neuer Mann, der bereitwillig das Geschirr spült

c) ein gesundes Rudeltier, das seinen Platz zugewiesen haben will

2. Die meisten Männer wollen

a) nur das eine

b) Frauen glücklich machen

c) beides

3. Männer sind

a) vom Mars

b) ein Produkt des Verlangens

c) geradewegs den Wäldern der Urzeit entsprungen

4. Der Weg zum Herzen eines Mannes führt

a) durch den Magen

b) durch seine Unterhose

c) über einfache Befehle

5. Was würden Sie vorziehen?

a) einen guten Reiter

b) einen, der beim Abwasch hilft

c) einen guten Lover

Auswertung

Für jedes angekreuzte a) berechnen Sie 0 Punkte
Für jedes angekreuzte b) berechnen Sie 5 Punkte

Für jedes angekreuzte c) berechnen sie 100 Punkte

Welcher Typ sind Sie?

0–20	Ein hoffnungsloser Fall
20–80	Vergessen Sie's
80–200	Aus Ihnen wird nie eine gute Trainerin
200–500	Arbeiten Sie an sich
500	Sie sind die geborene Trainerin

Kapitel 23

Unartigkeiten

Ein ungezogener Mann ist das Spiegelbild seiner Besitzerin.

Männer folgen grundsätzlich ihren Instinkten, solange man sie nicht gründlich und vor allem regelmäßig erzieht. Sie müssen Ihren Mann also drillen, das zu tun, was Sie wollen, und ihn dazu zwingen, angeborene Verhaltensweisen abzulegen.

Ein Großteil dieser Verhaltensweisen ist einfach nur peinlich, einige aber können auch eine Bedrohung für Ihre Autorität darstellen.

Sie alle lassen sich im Keim ersticken oder zumindest doch so weit unterbinden, daß sie nicht mehr zum Katalog der Gewohnheiten zählen. Wie immer sind auch hier Prävention und Ablenkung der Strafe vorzuziehen. Ein Mann bedarf der ständigen Beschäftigung, er muß das Gefühl haben, gebraucht zu werden. Sonst läuft er Gefahr, faul zu werden und – seinen eigenen Begierden folgend – in Schwierigkeiten zu geraten.

Denken Sie daran, daß er sich (im Normalfall)

nicht mit Absicht ungezogen verhält, sondern überzeugt davon ist, das Richtige zu tun.

Streunen

Streunen ist ein integraler Bestandteil des Rudellebens, zu dem auch die Jagd gehört. Der Drang zu diesen Formen der Beschäftigung erreicht seinen Höhepunkt am frühen Abend (und fällt damit unglücklicherweise mit den Öffnungszeiten der meisten Kneipen zusammen), wenn die Bodentemperatur etwas niedriger als die der Luft ist und fremde Gerüche am deutlichsten wahrzunehmen sind. In dieser Zeit sollten Sie Ihren Mann also unbedingt an Ihrer Seite halten, bis er sich wieder beruhigt hat, und dabei auf die Schlüsselbefehle »Komm her!« und »bei Arm« zurückgreifen. Halten Sie ihn wie einen Jagdhund von jeder möglichen Beute fern.

Unordnung, Dreck und unangenehme Gerüche

Mit dem Rudelverhalten ebenfalls eng verbunden, dienen Handlungen wie Rülpsen, Furzen und im Dreck Wälzen der Markierung des Reviers. Das trifft ebenso für das Pinkeln von Brücken oder Booten zu. Durch die ausgiebige, möglichst aktive Teilnahme an sportlicher Ertüchtigung läßt sich dieser Drang kontrollieren, wenn auch kaum vollständig unterdrücken. Doch auch hier gilt, was für alle schlechten Angewohnheiten zutrifft: Wenn Sie ihm deutlich machen, daß Sie ein derartiges Verhalten mißbilligen, wird er zumindest versuchen, es in Ihrer Gegenwart einzuschränken und für die Abende aufzuheben, an denen er mit seinen Freunden um die Häuser zieht. Je sicherer ein Mann sich fühlt, desto weniger verspürt er das Bedürfnis, sein Revier zu markieren.

Heulen

Auch dies ein Verhalten, das auf das Leben im Rudel zurückgeht. Wenn eines der Rudelmitglieder beginnt, fallen die anderen prompt mit ein. Wie das Raufen dient es vornehmlich dazu, Dampf abzulassen und hat zur Folge, daß sich Ihr Mann stark und wie ein Macho fühlt. Eine Angewohnheit, die man nicht allzu oft unterbinden sollte.

Jaulen

Gleich, welche Erklärungen er Ihnen gibt: Dies ist ein Zeichen dafür, daß Ihr Mann glaubt, nicht genug Aufmerksamkeit und Zuwendung zu erhalten. Loben Sie ihn häufiger, streicheln Sie ihn – die Berührung wird ihn beruhigen –, und nehmen Sie sich Zeit, um mit ihm zu spielen.

Aufreiten

Das Aufreiten oder Beinklammern bei Freunden und Besuchern ist nicht unbedingt ein Zeichen von Hypersexualität, sondern kann auch eine Form des Dominanzverhaltens sein. Es darf genauso wenig wie jeder andere Versuch, Dominanz gegenüber Ihnen oder Ihren Freunden zu zeigen – zum Beispiel durch Knurren, Schnappen oder Urinieren – geduldet werden. Hier ist ein strenges »Nein« gefordert oder, wenn gar nichts mehr hilft, eine extreme Maßnahme wie das Gott-Spielen (s. Kapitel 18).

Beißen

Obwohl es beim Liebesspiel oder dem wilden Toben im Haus vielleicht Spaß macht, sollte das Beißen doch von Anfang an unterbunden werden, da es leicht außer Kontrolle gerät. Bevor Sie sich versehen, knabbert Ihr Mann an den Möbeln oder beißt den Briefträger oder die Wellensittiche Ihrer Freunde. Wirkungsvoll ist es in der Regel, wenn man zurückbeißt. Die meisten Männer können weder ihre eigene Kraft einschätzen, noch wissen sie, welchen Schaden sie im Eifer des Gefechts anzurichten vermögen. Und es ist besser, wenn man sie es auch nicht herausfinden läßt. (Männer, die es wissen, werden leicht zu Killern!)

Besitzergreifendes Verhalten

Es liegt in der Natur von Rudeltieren, daß sie ihr Revier schützen. Machen Sie sich aber auch darauf gefaßt, daß Ihr Mann persönliche Gegenstände von augenscheinlich geringem Wert (wie einen alten Pullover oder seinen Lieblingsteddy) eifersüchtig bewacht. Es empfiehlt sich, dieses irrationale Verhalten, das auf die Instabilität sozialer Strukturen innerhalb des Rudels zurückgeht, nicht in Frage zu stellen. Räumen Sie Ihrem Mann einfach eine abgetrennte Ecke für seine Lieblingspfeifen oder seine Sammlung interessanter Steine beziehungsweise Knochen ein. Üben Sie aber weiter keine Kritik an seinem Verhalten. Sobald er seinen Platz innerhalb des Rudels akzeptiert hat und merkt, daß man ihm nichts wegnehmen will (er aber auch anderen nichts wegnehmen darf), wird er sich entspannen und sein extrem besitzergreifendes Verhalten ablegen.

Eifersucht

Ein gewisses Maß an Eifersucht Ihres Mannes auf andere Männer ist vollkommen normal. Ebenso wie der eine oder andere harmlose Flirt hilft diese Form der Eifersucht, die Spannung in der Beziehung zwischen Ihnen und Ihrem Mann zu erhalten. Zeigt sich Ihr Mann jedoch eifersüchtig auf Ihre Freundinnen, die Kinder, Ihren Job und/oder Ihre Besuche im Fitneßclub, ist dies ein Zeichen für mangelndes Selbstvertrauen. In solchen Fällen sollten Sie ihm immer wieder versichern, daß er die Liebe Ihres Lebens ist und sich ausgiebig und zärtlich um ihn kümmern.

Angeben gehört zu den natürlichen Verhaltensweisen des Mannes

Übertriebene Anhänglichkeit

Das Glück einer neuen Verbindung sowie das mit dem Einüben der wichtigsten Befehle einhergehende stetige Loben und Streicheln können ein durch übertriebene Anhänglichkeit geprägtes Beziehungsmuster zur Folge haben. Doch auch wenn Sie noch so bezaubert von Ihrem neuen Mann sind (und er von Ihnen): Bedenken Sie, daß Sie beide Zeit und Raum für sich selbst brauchen. Beschränken Sie daher Ihre Aufmerksamkeit für Ihren Mann von Anfang an auf ein vernünftiges Maß, geben Sie ihm Spielsachen und einen Platz, an dem er allein sein kann, und Sie werden sehen, daß er Ihnen ausgeruht und voller Energie zur Seite stehen wird.

Hypersexualität

Die Domestizierung verlangt vom Mann eine tiefgreifende Veränderung seines Sexualverhaltens, die nicht jedem gleich gut gelingt. Während unbestritten ist, daß die meisten Männer sehr häufig an Sex denken, geben nur wenige offen zu, daß sie Zeit ihres Lebens an kaum etwas anderes denken. Graham Greene und der Hollywoodstar Michael Douglas gehören zu den wenigen, die sich öffentlich dazu bekannt haben.

Ein Großteil der unerwünschten sexuellen Unarten des Mannes nimmt mit fortschreitendem Training ab. Allmählich wird er lernen, seiner Männlichkeit auf andere Weise Ausdruck zu verleihen.

Wichtig ist die Unterscheidung zwischen einem lediglich in bestimmten Situationen unpassenden Verhalten und echter Abnormität. Lenken Sie die Neigung Ihres Mannes zur Hypersexualität lieber geduldig in gemäßigtere Bahnen, als daß Sie mit Ermahnungen oder Strafen darauf reagieren. Ein behutsames Vorgehen ist dabei von äußerster Wichtigkeit, da diese Neigung, wenn sie einmal aberzogen wurde, nur schwer zu reaktivieren ist.

Dem gesteigerten Sexualdrang eines noch untrainierten Mannes ist nur schwer mit Verhaltensmaßregeln beizukommen. Begegnen Sie seinem Verlangen, indem Sie ihm die Möglichkeit zur Flucht nehmen, ihn etwa zu ablenkenden Aktivitäten anhalten (Sport, kalte Duschen etc.), jede Versuchung von ihm fernhalten oder ihn, wenn alle anderen Mittel fehlschlagen, an die Leine legen. Sie können sich natürlich auch einfach nur entspannt zurücklegen und genießen.

Verlaufen

Ein Mann, der sich immer wieder verläuft, versucht Ihnen damit in der Regel etwas mitzuteilen (Langweilt er sich? Hat er Hunger? Fühlt er sich ausgeschlossen? Braucht er mehr Zuwendung?). Möglicherweise hat er es sich aber auch nur angewöhnt, weil er es genießt, gefunden und zu Ihnen zurückgebracht zu werden.

Abgesehen von den üblichen Vorsichtsmaßnahmen, sollten Sie einmal versuchen, ihn mit etwas Spannendem zu beschäftigen, bevor er sich überhaupt verlaufen kann. Machen Sie außerdem kein allzu großes Aufheben, wenn man ihn zurückbringt, denn das hieße, sein schlechtes Benehmen zu belohnen. Und stellen Sie schließlich sicher, daß er immer etwas trägt (ein Halsband, eine Tätowierung oder einen Ehering), anhand dessen Sie ihn als Ihr Eigentum identifizieren können.

Kapitel 24

Der Problemmann

Während sich die meisten Männer problemlos und bereitwillig in unser Leben integrieren, gibt es unglücklicherweise einige wenige, die sich beharrlich verweigern. Selbstzufrieden ihren eigenen Regeln folgend, entziehen sie sich entweder gänzlich allen Erziehungsversuchen oder widersetzen sich ihnen doch mit solcher Regelmäßigkeit, daß jedes Training sinnlos erscheint. Einige tun so, als ob sie sich Mühe geben, andere haben Spaß daran, sich trotzig zur Wehr zu setzen, und wieder andere scheinen mit großer Freude alle Regeln des Zusammenlebens zu ignorieren.

Ein derart ernstzunehmendes Fehlverhalten kann vielerlei Ursachen haben, und die Trainerin ist nicht immer ganz unschuldig daran. Möglicherweise hält sie ungezogene Männer für amüsant oder rührend und bestärkt sie dadurch unbewußt in ihrem Verhalten.

Wenn die Frau selbst nie gelernt hat, Zuneigung zu zeigen, wird sie diese, ohne es selbst zu merken, auch ihrem Mann vorenthalten. Möglicherweise hält auch ein übervoller Terminkalender die Trainerin davon ab, der Erziehung genügend Zeit zu widmen. Denn viele Unarten des Mannes sind nichts weiter als das verzweifelte Betteln um Aufmerksamkeit.

Eine weitere Gefahrenquelle sind allzu heftige Reaktionen der Trainerin auf das Verhalten ihres Mannes, der dramatische Szenen und Aufregung schließlich als Belohnung anzusehen lernt.

Andere Ursachen für problematisches Verhalten des Mannes sind unter anderem:

Angst

Ein Problem, das sich kaum überwinden läßt. Ein Mann, der in der Vergangenheit mißhandelt wurde, braucht besonders viel Geduld (und Strenge), um sein Selbstwertgefühl wiederzufinden und Vertrauen in seine Trainerin aufzubauen.

Sucht

Glücksspiel, Drogen, Alkohol oder das Abknutschen und Ablecken jedes ihm in den Weg kommenden Lebewesens können Zeichen eines problematischen Suchtverhaltens sein. Bieten Sie Ihrem Mann eine Reihe von Ersatztätigkeiten an. Versuchen Sie, seine Sucht entsprechend umzulenken. Unter Umständen müssen Sie auch medizinische Hilfe in Anspruch nehmen.

Langeweile

Möglicherweise hat er nicht genug zu tun und vermißt den Sinn oder ein Ziel in seinem Leben. Jeder Mann braucht eine Arbeit oder ein ernstzunehmendes Hobby. Helfen Sie ihm, ein Ziel in Angriff zu nehmen.

Hoher Intelligenzquotient

Ein intelligenter Mann braucht weiterführende Anregungen.

Fehlende Liebe

Sollten Sie geringschätzig über ihn denken, ihn nicht wirklich mögen, wütend auf ihn sein oder nur Bitterkeit für ihn empfinden, wird er dies spüren. Verschwenden Sie nicht Ihre Zeit mit dem Training eines Mannes, für den Sie im Grunde nichts übrig haben.

Zuviel Liebe

Viele Trainerinnen glauben, ein Mann würde Freundlichkeit und Entgegenkommen mit Gehorsam belohnen. Doch das Gegenteil ist der Fall. Männer wollen nicht alles in den Schoß gelegt bekommen, sondern brauchen das Gefühl, selbst hart dafür gearbeitet zu haben. Männer lieben die Herausforderung und sind am glücklichsten, wenn sie sich um eine Sache bemühen müssen, die schwer zu bekommen, aber dennoch nicht unerreichbar ist.

Ein Problemmann ist nicht tolerierbar

Ein entscheidender Augenblick

Im Zusammenleben mit problematischen Männern kann es immer wieder, vielleicht aber auch nur ein einziges Mal, zu einer Krise kommen,

die eine rasche, entschlossene Reaktion der Trainerin erforderlich macht, wenn sie nicht alles aufs Spiel setzen will.
Bereiten Sie sich auf eine derartige Situation innerlich vor. Vertreten Sie laut und deutlich Ihren Standpunkt. Oder enthalten Sie sich, falls angebracht, jeder Äußerung.

Im übrigen muß man einfach akzeptieren, daß es Männer gibt, die, wie charmant sie auch sein mögen, unerziehbar sind, vielleicht sogar der Gattung der Mistkerle und Schweinehunde angehören.

Und es mag der Tag kommen, an dem Sie – um eine Enttäuschung, aber auch um eine Erkenntnis reicher – zu dem Schluß gelangen, daß Liebe, Geduld, Ausdauer, Disziplin und selbst das Gott-Spielen fruchtlos geblieben sind. Zögern Sie dann nicht, Ihren Mann wieder laufen zu lassen und sich einen neuen zu suchen.

Handeln Sie in dieser Situation rasch, und verzweifeln Sie nicht.

Denn wenn er Sie weder liebt noch respektiert, warum sollten Sie ihn dann behalten?

Kapitel 25

Glückliche Tage

Es laufen genug Männer frei herum, die sich nach einem guten Essen vor dem Kamin und einem freundlichen Frauchen sehnen; die sich wünschen, daß wir ihre niederen Instinkte zähmen und ihnen erlauben, den Kopf in unseren Schoß zu legen.

Geben Sie die Suche also nicht auf. Sie werden den passenden Mann für sich finden und (sofern Sie in Ihren erzieherischen Bemühungen auch nicht einen Tag nachlassen) mit ihm unendlich glücklich werden.

»Sie hat mich gezähmt«, wird er seinen Freunden erzählen und dabei lächeln, weil er (genauso gut wie Sie) weiß, daß Sie ihn nur erziehen konnten, weil er es zugelassen hat.

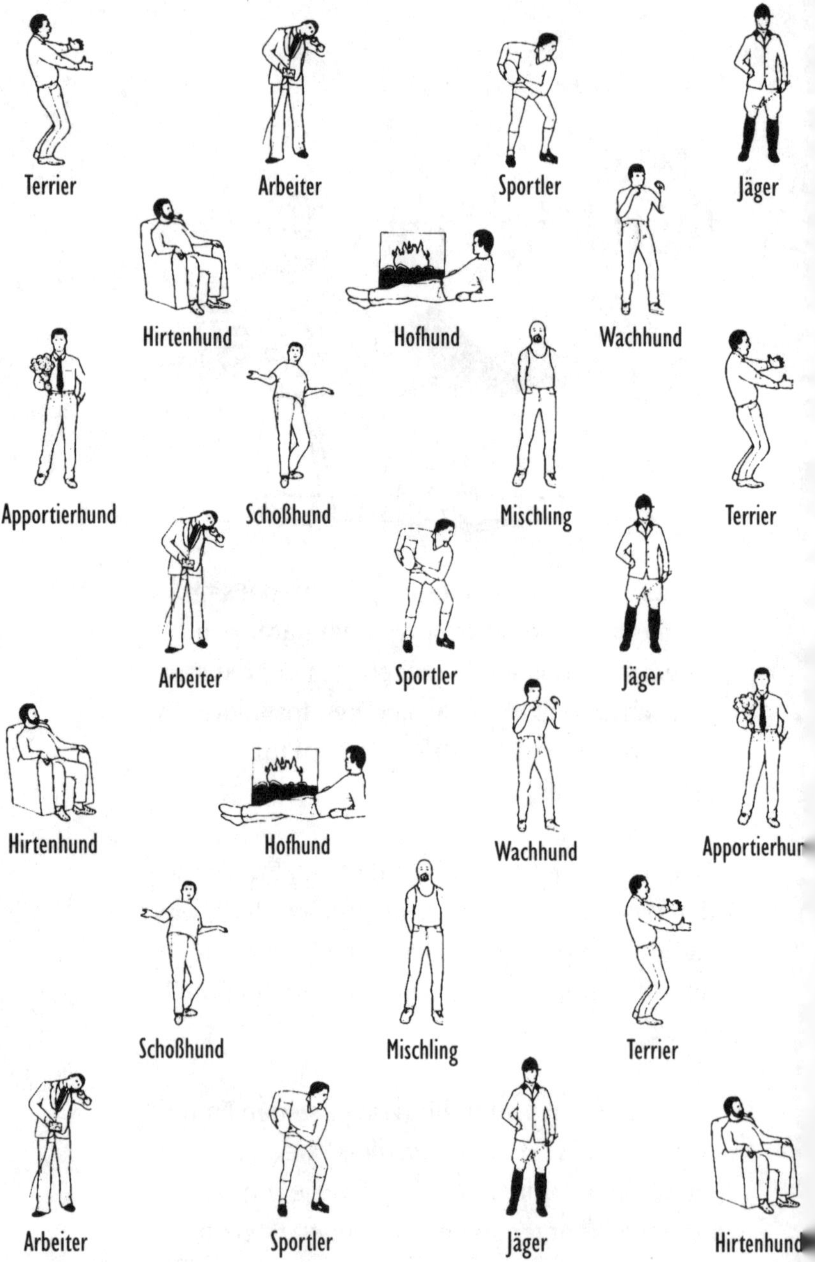
Terrier
Arbeiter
Sportler
Jäger
Hirtenhund
Hofhund
Wachhund
Apportierhund
Schoßhund
Mischling
Terrier
Arbeiter
Sportler
Jäger
Hirtenhund
Hofhund
Wachhund
Apportierhun
Schoßhund
Mischling
Terrier
Arbeiter
Sportler
Jäger
Hirtenhund

Fallstudie

Emma und Jochen

Jochen war ein Herumtreiber, aber er war auch wirklich verliebt in Emma. Emma ahnte, daß er sie mit anderen Frauen betrog, zeigte sich aber verständnisvoll und sagte daher kein Wort. Nur im Scherz sprachen sie über dieses Thema. Schließlich rief ein Mädchen, das sie beide auf einer Party kennengelernt hatten, Jochen zu Hause an. Emma brach es das Herz, doch sie wollte nicht, daß Jochen merkte, wie verletzt sie war. »Hast du etwas mit diesem Mädchen?« fragte sie ihn. »Ich weiß, daß das unwichtig ist, aber ich möchte es wissen. Wenn du eine Affäre mit ihr hast, werde ich Verständnis dafür aufbringen.« Und so gab Jochen seine Affäre zu, betonte aber auch, daß sie ihm wirklich nichts bedeutete. Emma war genauso überrascht wie er, als sie ihm daraufhin wütend mitteilte, daß sie ihn verlassen werde, wenn er sich nicht von dieser Frau trenne. Jochen bekam einen ordentlichen Schreck, versprach aber, seine Affäre zu beenden. *Emma hatte endlich Grenzen gesetzt.*

Fallstudie

Dany und Christoph

Christoph war ein überzüchteter, neurotischer Mann. Er führte sich schlimmer auf als Woody Allen und trieb Dany mit seinem Verhalten fast in den Wahnsinn. Doch sie liebte ihn, und so beschloß sie, Gott zu spielen. Sie kaufte sich eine Wasserpistole und jedes Mal, wenn er begann, sich neurotisch zu benehmen, verpaßte sie ihm eine kalte Dusche. Selbst in der Öffentlichkeit scheute sie nicht vor dem Einsatz der Wasserpistole zurück. Christoph hatte nichts dagegen. Zuweilen hatte er sogar den Verdacht, daß sie wirklich Gott war, und auch dagegen hatte er nichts einzuwenden. *Manchmal muß man eben zu extremen Maßnahmen greifen.*

Fallstudie

Sophia und Thomas

Sophia und Thomas gingen schon eine Weile miteinander aus, und ihre Beziehung schien recht vielversprechend. Doch dann hatte Thomas beruflich sehr viel zu tun und meldete sich nicht mehr so regelmäßig wie früher. Sophia wurde wütend. Jedesmal, wenn er anrief, machte sie ihm Vorwürfe. Anstatt ihm zu sagen, »Es ist schön, deine Stimme zu hören«, beklagte sie sich schlecht gelaunt mit Reaktionen wie »Es wird aber auch Zeit, daß du dich mal wieder meldest« oder »Seit zwei Tagen hast du nichts mehr von dir hören lassen«. Thomas zog sich schließlich völlig zurück und suchte sich eine Frau, die sich freute, wenn er sich bei ihr meldete. *Bestrafen Sie Ihren Mann nicht, wenn er zu Ihnen kommt.*

Fallstudie

Jule und Nico

Jule arbeitete bei einer großen Bank. Ebenso professionell und hingebungsvoll plante und organisierte sie ihr Privatleben. Sie stellte eine Liste all dessen auf, was sie an Nico störte, und vereinbarte ein Treffen mit ihm, um die Liste Punkt für Punkt durchzugehen. Nico, normalerweise ein sehr umgänglicher Mensch, reagierte beleidigt, leugnete die ihm zugeschriebenen schlechten Eigenschaften und warf Jule vor, ihn zu bespitzeln. Der Streit zwischen ihnen dauerte mehrere Wochen. Während dieser Zeit machte Jule die Beobachtung, daß Nico die von ihr vorgebrachte Kritik dann akzeptierte und sein Verhalten bereitwillig änderte, wenn sie sie als direkte Reaktion auf sein Fehlverhalten vortrug. *Unarten müssen sofort bestraft oder korrigiert werden.*